Daniel Kehlmann ✿ Unter der Sonne

DANIEL KEHLMANN

Unter der Sonne

Erzählungen

Deuticke

INHALT

BANKRAUB

Markus Mehring war vier- oder fünfunddreißig Jahre alt; oft wußte er das selbst nicht genau. Er lebte in einer Zweizimmerwohnung mit einer Kochecke und einem kleinen Balkon. Von seinen Nachbarn unterschied ihn, daß er keinen Fernseher hatte. Statt dessen las er Abenteuerromane. Am liebsten *Moby Dick* – viermal schon –, und sehr gerne auch Joseph Conrad und Graham Greene. Er arbeitete in einem Amtsgebäude; dort hatte er einen Schreibtisch und Stempel und viele Kugelschreiber; Telefon brauchte er keines. Er mußte Formulare durchsehen, ausgefüllt von Leuten, die Wichtigeres zu tun hatten, und darin nach Formfehlern suchen. Fand er welche, mußte er das Blatt an eine bestimmte Abteilung weiterleiten; wenn nicht, an eine andere Abteilung. Einmal hatte er einen Mann kennengelernt, der auf einem Großbauernhof die Schweine massieren mußte, und wann immer er in seine Toilette sah, dachte er mit Schaudern an die Kanalräumer, die sich in tiefen Höhlen durch die Exkremente der Stadt wühlten. Also gab es Berufe, die noch schlimmer waren. Einmal im Jahr bestieg er einen Zug und fuhr in eine Ferienpension in einer grünen und welligen Landschaft, wo er zwei Wochen verbrachte. Weihnachten feierte er mit seinem tauben Großonkel, einem ehemaligen Lokomotivführer. Einmal im Monat besuchte er seine Schwester und ihren Mann und brachte den Kindern Schokolade mit. Als Staatsangestellter war er unkündbar, als Mitglied des Buchklubs bekam er vierteljährlich den neuen Katalog. Einmal, mit neunzehn, hatte er ein Gedicht geschrieben; er bewahrte es in einer Schublade auf und las es sich zuweilen laut vor. Im Lotto gewann er nie, und er hatte keine Zeitung abonniert.

Nun geschah es, daß sein Weg sich mit dem einer jungen Frau kreuzte; sie hieß Elvira Schmidt und war eine leitende Angestellte der *Kreditbank*. Elvira war mit einem gewissen Dr. Hapeck verlobt, dem Fertigungschef einer renommierten Limonadenfirma. Aus verschiedenen wirren Gründen hatte es am Vorabend des Tages, an dem Elvira in Markus Mehrings Leben eingreifen sollte, zwischen den Verlobten einen unschönen Streit gegeben. Und nun, am nächsten Tag, hing Elvira bei der Arbeit den traurigsten Gedanken nach. Während sie Zahlenreihen über den Bildschirm des Computers schob, dachte sie über ihr verfehltes Leben, ihr bestimmungsloses Geschick nach. Und seufzend, Hapecks markante Züge vor Augen, drückte sie eine falsche Taste.

Selbst der Computer, ein schlichter, aber redlicher IBM, spürte, daß etwas Eigenartiges vor sich ging und fragte: *Are you sure? (Y/N)* Doch Elvira, halbblind hinter einem Tränenflor, überging die Warnung und berührte mit einem langen Kleinfingernagel das Ypsilon. Und sofort, unaufhaltsam, rasten Impulse durch Millionen von Schaltkreisen, und in den Tiefen einer unsichtbaren und elektronischen Welt fanden große Veränderungen statt. Elvira seufzte noch einmal, stand auf und stakste auf hohen Absätzen in die Mittagspause. Mit jedem

Schritt bewegte sie sich weiter aus Markus Mehrings Schicksal hinaus. Der Kreuzungspunkt lag hinter ihnen; ihre beiden Leben entfernten sich voneinander. Dann begann ein sonniger Nachmittag. Erst gegen Abend zogen Wölkchen auf, zunächst noch klein, sehr hoch und malerisch schillernd. Doch zeigten sich weder Mond noch Sterne, und vor dem Himmel schloß sich ein dichtgewobener Vorhang aus Dunkelheit. Als Markus Mehring von der Arbeit kam, fielen die ersten Tropfen; als er die Haustür erreichte, der erste Donnerschlag. Von seinem Fenster aus sah er den Widerschein der Blitze über die Dächer fliegen; der Sturm raste; das Firmament stand auf wackligen Füßen. In dieser Nacht schlief Markus nur wenig. Der Regen trommelte gegen die Scheiben und gegen sein Bewußtsein. Und der Wind lärmte, als ob die ganze Welt in Bewegung sei.

Als er die Augen öffnete, war es hell. Vom Bett aus war die obere Fensterhälfte sichtbar und darin etwas Himmel, eingefaßt von gelbgesprenkelten Gardinen. Es war fast still, bis auf ein dunkel gedämpftes Motorengeräusch von der Straße. Es kam ihm seltsam vor, daß er eingeschlafen war, ohne es zu bemerken. Und sogar geträumt hatte! Er erinnerte sich an nichts mehr. Aber es mußte ein guter Traum gewesen sein, voll von Menschen und Ereignissen.

Es regnete noch. Aber sanft und aus heller Luft; fast wie im Sommer. Markus stand auf, öffnete das Fenster und atmete und lauschte. Im Treppenhaus stapften Schritte vorbei: der Briefträger.

Aber jetzt schnell! Zähne geputzt, gewaschen, angezogen, die Krawatte um den Hals, ins graue Jackett. Er war spät dran ...!

Beim Hinausgehen trat Markus auf Papier. Die Post: ein farbiges Durcheinander von Broschüren und Prospekten. Ein grinsendes Politikergesicht. Neueröffnung: Guido's Pizzeria. *Trink doch Bier.* Zwei Frauen im Badeanzug. Ein würdiggraues Kuvert, die Christliche Wohlfahrt. Und ein Brief von der *Kreditbank*, der übliche Kontoauszug. Markus hob alles auf, steckte den Kontoauszug in die Tasche und ließ den Rest in den Papierkorb fallen. Dann ging er.

Das Wasser rann über seine Haare und seinen Nacken entlang, in seinen Kragen. Er zog das Kuvert der *Kreditbank* aus der Tasche und riß es auf. Vorgestern hatte er sich neue Schuhe gekauft, und sein Radioapparat hatte repariert werden müssen. Viel war wohl nicht mehr da ...

Der Zettel fühlte sich schwer an, die Feuchtigkeit malte dunkle Flecken darauf. Markus hielt seine Hand darüber, kniff die Augen zusammen und sah scharf hin.

Er war nicht wirklich erstaunt. Staunenswert sind Gazellen, Erscheinungen blasser Gespenster, das besonnte Meer – nicht eine Reihe schlechtgedruckter Ziffern auf nassem Papier. Ein Irrtum, was sonst. Sieh mal an, auch Banken machen Fehler ... Er lächelte wehmütig.

Und bekam plötzlich keine Luft mehr. Er blieb stehen und lehnte sich mit dem Rücken gegen eine Hauswand. Ein dünner, scharfer Pfeil aus Hitze schoß durch seinen Körper, die regenplätschernde Welt um ihn schwankte hektisch.

»Ist Ihnen nicht gut?« fragte eine Stimme. Markus murmelte etwas und setzte sich in Bewegung, vorsichtig, um seine Schritte dem Schlingern des Bodens anzupassen. Eine grünlackierte Bank tanzte heran; Markus streckte die Hand nach ihrer Rückenlehne aus, verfehlte sie, bekam sie zu fassen, ertastete seinen Weg um sie herum und setzte sich. Über seinem Kopf sprudelte Wasser; eine milchige Überdachung schützte ihn vor dem Regen. Ein Bus hielt, öffnete seine Türen und wartete – Markus stieg nicht ein, und der Bus fuhr wieder ab.

Markus sah auf den Schein und begann vorsichtig, die Nullen hinter der ersten Ziffer zu zählen. Jede stellte eine Multiplikation dar; und so, von Null zu Null, schraubte die Summe sich höher in Regionen purer Mathematik. Und doch war das Geld. Geld! Geld auf seinem Konto.

Aber natürlich nicht seines. Überhaupt kein wirklich existierendes, sondern ein Irrtum, ein Druckfehler, ein körperloses Nebelgespenst aus Zahlen. Nie würde es zu Materie werden können, zu abzählbaren Scheinen, zu Messingstücken, mit denen man in der Hosentasche spielt. Das hier war kein Geld, das waren Tintenflecken.

Und doch, groß ist die Macht des Geistes. Auch Banknoten sind buntes Papier, ein Symbol, wofür weiß niemand so genau. Die Börsen, mit all ihren armschwingenden Krawattenträgern, sind Märkte, auf denen mit Abstraktionen gehandelt wird. Geld, das ist bloß eine Idee, die ihr Leben auf Papier und Bildschirmen fristet – aber dennoch eine, die Gewalt besitzt über die Wirklichkeit! Zum Teufel, wenn hier steht, daß das mir gehört ...

Zumindest einen Versuch könnte man wagen. Ein kleiner Scherz nur, nichts Riskantes. Wie wäre zum Beispiel: ›Ich möchte mein Konto auflösen‹? Und dann würden sie es wohl bemerken. Aber vielleicht, vielleicht, vielleicht – ja, vielleicht auch nicht. Es ist kein Risiko dabei. Er lächelte verkrampft über diese Dummheiten, aber da drängte sich eine Gruppe unscharf schillernder Leute ins Bild: Ahab und Ismael, Lord Jim und Nostromo, der große Nostromo. Was soll das, ihr gehört nicht hierher! Und falls ihr es nicht wißt: Auf verregneten Vorstadtstraßen macht ihr euch lächerlich! Aber Nostromo lachte breit, und das Holzbein des schwarzbärtigen Ahab verklemmte sich in einem Kanalgitter; seine Harpune schlug scheppernd auf den Asphalt, er zerrte an seinem Bein, kam frei, verlor das Gleichgewicht, hielt sich am nächsten Laternenmast fest und stakste würdevoll davon. Die Vision verflog. Markus Mehring, wie er dasaß, umwogt vom Verkehrslärm der Alltäglichkeit, spürte etwas in sich, das sich wie ein Entschluß anfühlte.

Er sah auf die Uhr, seine Arbeitszeit hatte schon begonnen. Nun, er war noch nie zu spät gekommen, er würde eine Ausrede finden, es war nicht schlimm. Und jetzt zur Bank. Er stand auf und ging los, zuerst langsam, dann schneller, dann noch schneller.

Die *Kreditbank*. Ein silbernes Gebäude, die große Halle kristallglashell und umschlossen von Doppelreihen würdevoller Marmorsäulen; jeder Zentimeter glänzend von Reichtum und Eleganz. Auslandsniederlassungen in Luxemburg, Montevideo, Hongkong, Nassau, Buenos Aires. Ein vielfältiger Kundenstock; kleine Sparer, arbeitsam und ehrlich, doch auch vielsprachige Kosmopoliten, die auf Flügeln von Privatmaschinen aus entfernten Ländern anreisen. Besitzer der Bank ist eine Gesellschaft mit lateinischem Namen, wem diese wiederum gehört, weiß niemand, nicht einmal – so sagt man – Dr. Jean Hoeffer, der Direktor, dessen Französisch so maßgeschneidert ist wie seine Anzüge. Doch wie auch immer, die *Kreditbank* – und das ist unbestritten – ist ein Institut von fast unbeschränkter Liquidität, das jedes Vertrauen rechtfertigt. Die gläserne Tür öffnete sich, und Markus Mehring trat ein.

Er war schon seit vielen Jahren Kunde hier, darum blendete der Luxus ihn nicht. Er nestelte nervös an seinem Krawattenknoten, sah sich hastig um und ging dann auf einen der Schalter zu. Was mache ich hier nur? Was zum Teufel tue ich ...?

Offenbar ein weiterer Zufall: Die junge Frau, siebenundzwanzig Jahre alt, intelligent und ehrgeizig, die ihn sonst an diesem Platz erwartete und die eine gewisse Kenntnis seiner traurigen Finanzlage hatte, lag daheim im Bett. Vor drei Tagen hatte die Grippe sie überfallen (oh das wechselhafte Wetter, der heimtückische Regen, die Kälte) und würde sie noch über eine Woche lang quälen. Vertreten wurde sie von einem sympathischen Mädchen, zweiundzwanzig, ahnungslos. Und die sah mit schimmernd grünen Augen zu Markus auf. »Bitte sehr?«

»Ich«, Markus räusperte sich, »möchte mein Konto auflösen.«

»Aber gern.« Sie war noch zu kurz bei der Bank, um zu wissen, daß sie diesem Anliegen mit Betroffenheit zu begegnen hatte. »Geben Sie mir die Kontonummer. Und wenn ich bitteschön Ihren Ausweis sehen dürfte ...«

Markus blickte auf seine Scheckkarte, las die Nummer ab und legte seinen Personalausweis auf die Marmorfläche des Schalters. Das Mädchen lächelte nett, ihre Finger tanzten über die Computertastatur – dann, plötzlich, wurde sie ernst.

»Wollen Sie das wirklich ... *alles* abheben?«
Markus Mehrings Herz klopfte lauter und lauter, das
Klopfen füllte seine Brust, stieg auf in seinen Hals und,
dröhnend, in seinen Kopf. Er nickte. »Jawohl. In bar,
wenn es geht.«
Sie sah ihn ratlos an, dann den Schirm, dann wieder
ihn. »Entschuldigung, würden Sie bitte einen Moment
warten?« Und stand auf und eilte davon.
Markus Mehrings Hände legten sich auf den kalten
Marmor. Er wartete. Die Maserung des Steines verschwamm vor seinen Augen, sein Herz schlug immer
noch und immer schneller. Ganz ruhig, es besteht keine
Gefahr. Sie würden den Irrtum entdecken, sicher würden sie das, aber ihm war nichts vorzuwerfen. Er würde
genauso erstaunt sein wie sie, niemand konnte ihm
beweisen, daß er seinen Kontoauszug schon gesehen
hatte, daß er von dem Irrtum wußte. ›Ich möchte mein
Konto auflösen‹, hatte er gesagt, und nicht: ›Geben Sie
mir meine Millionen!‹ Er hatte nichts Böses getan, gar
nichts.

In der Ferne sah er sie mit einer anderen Frau sprechen, diese beugte sich über ein Telefon und wählte eine
Nummer. Ein junger Mann kam dazu, alle drei sahen
auf einen Bildschirm und unterhielten sich leise. Ein
Drucker warf ein Stück Papier aus; ein älterer Herr kam
dazu, betrachtete es stirnrunzelnd und gab eine Anwei-
sung. Eine von ihnen ging hinaus, der junge Mann folgte ihr händereibend, ein Angestellter mit silberner Brille und einer Ledermappe unter dem Arm erschien. Das
Telefon läutete, der ältere Herr nahm den Hörer und
sprach schnell und mit düsterer Miene; der mit der
Mappe flüsterte Ratschläge.

Schließlich schüttelte der ältere Herr den Kopf, scheuchte die anderen mit einer Handbewegung fort und kam, den Oberkörper gebeugt, die Hände auf dem Rücken, auf Markus zu. Es mußte der Direktor sein. Sein Anzug umschmiegte weich die etwas schiefe Gestalt; er trug kein Namensschildchen. Als ihn nur noch wenige Schritte von Markus trennten, führte er ein Zauberkunststück vor: Er hob eine flache Hand, strich über sein Gesicht, und plötzlich saß ein Lächeln darauf.

»Verzeihen Sie, Herr Mehring, Ihr Wunsch hat uns vor einige Schwierigkeiten gestellt. Aber nichts, womit wir nicht fertigwerden können, o nein. Sehen Sie, Summen dieser Größenordnung sind nicht immer augenblicklich in bar verfügbar; ich würde Sie bitten, uns künftig ein paar Stunden vorher Bescheid zu geben. Doch diesmal«, er wippte stolz auf seinen Zehenspitzen, »können wir es sofort aufbringen. Für Kunden wie Sie, Herr Mehring, machen wir so ziemlich alles möglich, das ist unser Stolz und ... Aber kommen Sie doch bitte nächstes Mal gleich zu mir und nicht – an den Schalter ...!«

»Sicher«, sagte Markus heiser. »Ganz bestimmt. Danke.«

»Wenn Sie gestatten, ein paar Minuten wird es vielleicht noch dauern. Dürfte ich Sie solange in mein Büro bitten? Möchten Sie Kaffee? Oder etwas anderes? Ich bin Direktor Jean Hoeffer!« Und er streckte eine welke Hand von sich; Markus griff danach und schüttelte sie mechanisch.

Hoeffers Büro war riesig; vier hohe Fenster lenkten das Sonnenlicht auf eine dickblättrige Tropenpflanze. Auf dem Schreibtisch lag ein goldener Federhalter mit stahlglänzender Titanspitze. An der Wand zeigte ein Aquarell glutrote Blumen, vollgesogen mit Licht; darunter eine gutleserliche Unterschrift: Chagall. All das sah ein wenig nach Theaterdekoration aus. Hoeffer wies stumm auf einen Sessel; Markus setzte sich und versuchte, klar zu denken. Es ist doch unmöglich, daß das gutgeht. – Also was soll ich tun? Aber es ist zu spät, ich muß weitermachen. Weitermachen ...»Nein danke«, sagte er leise.»Keinen Kaffee!« Das kann doch nicht, niemals, unter keinen Umständen, gutgehen!

Die Tür öffnete sich und der junge Mann mit der Silberbrille trat ein. Statt der Mappe hatte er einen schmalen Aktenkoffer bei sich.

»So!« rief Hoeffer.»Das wäre geschafft! Bitte glauben Sie nicht, Herr Mehring, daß das einfach war – in so kurzer Zeit! Es gibt nicht viele Banken, ich sage das in aller Bescheidenheit, die fähig wären, so einem Wunsch so schnell zu entsprechen. Ich glaube, Sie haben allen Grund, mit uns zufrieden zu sein. Sie und ...« – er lächelte hintergründig – »... Ihre Mitarbeiter.« Und er klappte den Koffer auf.

Markus war geblendet. – Nein: Er war es natürlich nicht. Das war Papier, einfaches, bedrucktes, zu kleinen Päckchen verschnürtes Papier, ein Koffer voll farbiger Papierpäckchen, mehr nicht. Doch wenn er auch nicht geblendet war, zu zittern begann Markus doch.

»Hübsch, nicht?« fragte Hoeffer.»Ja, ein feiner Anblick, immer wieder. Sie wollen nachzählen?« Markus schüttelte den Kopf, und Hoeffer sagte etwas von Vertrauen und Gerührtsein.»Und wie ist es, haben Sie was für den Transport, eine Tasche ...? Nicht? Na bitte, nehmen Sie ruhig den Koffer. Doch, ich bestehe darauf!

16

Betrachten Sie ihn als ... haha, als Werbegeschenk!«
Und er schloß ihn und ließ die zwei Schnallen zu-
schnappen. »Gibt es noch irgend etwas, lieber verehrter
Herr ... Mehring, das ich für Sie tun kann?«
Markus starrte den Koffer an, dann Hoeffer. Und
plötzlich löste sich die Erstarrung von ihm; in seiner
Kehle stieg ein Glucksen auf, und an seinen Mundwin-
keln zerrte ein dümmliches Grinsen. Er schluckte und
mußte husten. Dann schüttelte er den Kopf.
»Dazu sind wir doch da«, sagte Hoeffer, deutete eine
Verbeugung an und lachte leise. Markus fiel ein, und ein
Schwall sinnloser Heiterkeit durchströmte ihn, bis ihm
der Bauch wehtat und er nach Luft schnappte ...
Als es zu Ende war und er mit dem warmen Gefühl
von Tränen auf seinen Wangen aufsah, begegnete er
Hoeffers ernstem, überraschtem Blick. Er erschrak, griff
nach dem Koffer und sprang auf.
»Danke, Herr Direktor! Ich muß ... jetzt weiter ...! Noch
ein Termin!«
Etwas Dümmeres hätte er nicht sagen können: Hoeffers Augen veränderten ihre Farbe in ein kühles, nach-
denkliches Dunkelblau. Markus streckte ihm hastig
seine Hand entgegen; Hoeffer schüttelte sie und sah ihn
prüfend an. »Auf Wiedersehen«, sagte Markus noch einmal, riß die Tür auf und ging, ohne sich umzusehen,
hinaus.
Jetzt schnell zum Ausgang! Weg hier! Er umkreiste
eine der Marmorsäulen, stieß gegen eine blonde Frau
mit hohen Absätzen und ging, ohne sich zu entschuldigen, weiter. Hinter sich hörte er sie »Trottel!« sagen, ein
paar Sekunden lang, über die in seinem Körper pochen-
de Angst hinweg, ärgerte er sich, dann vergaß er sie für

17

immer. Elvira Schmidt hielt sich den schmerzenden Ellenbogen, zischte ein paar häßliche Worte und setzte sich an ihren Schreibtisch. Nach zwei Minuten hatte der Schmerz aufgehört, und auch sie dachte nicht mehr an den Rüpel, der sie angerempelt hatte und wegen dem sie zwei Tage später ihre Stellung verlieren würde.

Wenige Meter vor dem Ausgang stellte sich jemand Markus in den Weg: der junge Mann mit der Mappe.

»Herr Mehring!«

Markus erstarrte. »Ja?«

»Würden Sie noch unterschreiben?« Er streckte Markus einen kleinen, spärlich bedruckten Zettel entgegen und einen stählernen Kugelschreiber und seine Mappe als Unterlage.

Markus klemmte sich den Koffer unter den Arm, nahm die Mappe, legte den Zettel darauf (Ziffern, Worte dazwischen, wen interessiert's) und malte etwas darauf, das seinem Namen ähnlich sah. Der andere sagte etwas Höfliches und – gab den Weg frei. Und jetzt hinaus! Die elektrische Schiebetür versagte nicht, der Ausgang öffnete sich. Und hier, endlich, war die Straße.

Es regnete noch. Und noch immer gab es Leute, immer noch Regenmäntel, Hüte, Kunstpelze, Schirme. Und jetzt?

Markus Mehring blickte sich unschlüssig um und machte ein paar Schritte – erst in die eine Richtung, dann in die andere. An der nächsten Kreuzung blieb er wieder stehen. Geradeaus? Oder nach rechts? Links? Wohin denn überhaupt ...? Neben ihm war die Auslage einer Buchhandlung; ein Bestsellerstapel, darüber, bartschwer und besonnen, das Gesicht eines Autors. Aber auch das war jetzt keine Hilfe.

Und plötzlich wurde ihm klar, was geschehen war. Jedenfalls mußte er weg von hier. Er war jetzt nicht mehr einer von den anständigen Leuten. Nie mehr unbesorgt spazierengehen, nie mehr friedlich schlafen, nie mehr beruhigt sein, wenn nachts in einer einsamen Straße ein Polizist schlendert. Und auch nie mehr in die Arbeit, keine Stempel mehr, keine Formulare. Nun war alles anders.

Aber er hatte doch kaum etwas getan, nichts Falsches gesagt, nichts genommen, was man ihm nicht gegeben hatte! Ganz von selbst, fast ohne sein Zutun, hatte es sich vollzogen, daß er – ausgerechnet er, der noch jede Sonntagszeitung bezahlt hatte und niemals schwarzfuhr – plötzlich außerhalb von Gesetz und Sitte stand. Das alles hier, die sicheren Straßen, die festen Häuser, die pünktlichen Straßenbahnen und Busse, waren kein Schutz mehr für ihn. Markus, sie werden dich jagen bis ans Ende der Welt. Hoher, regentrüber Himmel, sei jetzt gnädig!

Es sei denn, du bringst es zurück ...! Gleich, jawohl sofort, noch ist Zeit! Lauf! Sag ihnen, du wolltest bloß wissen, ob es funktioniert; sag, es war ein Scherz; sag irgendwas – nur bring es zurück. Vielleicht passiert dir nichts, vielleicht ist das Schlimmste noch aufzuhalten ...

Markus wandte sich um, hob einen Fuß, senkte ihn wieder, stützte sich mit der Hand gegen die Glasscheibe und stöhnte leise. Eine Frau mit grauem Haarzopf, zwei dicke Taschenbücher in der Hand, sah ihn mißbilligend von drinnen an und verschwamm in einem Nebel von Angst und Übelkeit. Bring es zurück! Dann, nur dann, kann es weitergehen wie bisher. Wieder die Sicherheit, wieder Spazierengehen, wieder Ruhe. Wieder die Arbeit.

19

Und wieder auch Stempel und Schreibtisch und all die Plastikkugelschreiber, wieder die leer in die Nacht rinnenden Abende. Und die Bücher, die etwas versprechen, was niemals eintrifft.

Er richtete sich auf und hob die Hand. Wenn jetzt sofort hier vor ihm ein Taxi hielt, dann ... – ja, dann würde er einsteigen. — Ein Taxi hielt. Ein großer, weißer Mercedes, poliert und mit spiegelnden Scheiben. Markus starrte ihn an, streckte langsam die Hand nach der Türschnalle aus – sie war aus hartem Metall, widerstand seinem Griff, löste sich nicht in Luft auf – und zog an ihr. Die Tür öffnete sich; ein Mann mit braunen Haaren und einem Seehundbart unter einer runden Nase sah zu ihm auf.

Und dann saß Markus im Auto. War er denn eingestiegen? Nun, offenbar war er. Er saß neben dem Fahrer, den Koffer auf dem Schoß. Es roch nach Zigaretten, aber es war warm und trocken. Der Regen prasselte nervös gegen die Scheiben.

»Also?« fragte der Fahrer. »Wohin?«

Ja, wohin? Nach Hause? Aber dort waren sie vielleicht schon. Das ganze Land, so groß es sich ausnahm auf den Karten, plötzlich war es zu klein. Das alte Europa mit all seinen Grenzen und den vielen Sehenswürdigkeiten, die er nur von Bildern kannte, besaß jetzt nicht mehr genug Raum. Wenn sie ihn wirklich überall suchen würden und ihm folgen bis ans Ende der Welt, dann mußte er eben genau dorthin: ans Ende. Das hitzeverströmende Meer, ein brütender Himmel, kalte Nächte. Das Reich von Marlow, Gould und Nostromo. Außerdem das Asyl geflohener Kriegsverbrecher und Diktatoren; wo sie sicher waren, würde wohl auch er es sein. Er griff in seine Jackettasche: Dort war etwas Festes und Flaches; es war ... – wieso hatte er seinen Paß dabei? Er konnte sich nicht erinnern, wann er ihn eingesteckt hatte ...»Zum Flughafen«, sagte er. »Zum Flughafen.«

Sie fuhren schweigend. Zweimal begann der Fahrer mit einer Analyse der politischen Lage, aber als Markus nicht reagierte, gab er es auf. Markus dachte an seine Wohnung, an die Sessel und Bücher, das Bett und die Gardinen mit ihren gelben Flecken. Und an sein Gedicht in der Schublade. – Und irgendein Fremder würde es in die Finger bekommen und lesen und grinsen und ... – Er mußte zurück! Nein, es war unmöglich; alle Entscheidungen waren schon gefallen. Graue, lastende Beklemmung preßte auf seinen Hals, seine Lunge, seinen Magen.

Er war noch nie geflogen, er war noch nie auf einem Flughafen gewesen, ja er hatte noch nicht einmal ein Taxi genommen. (Doch, das schon: Einmal, als Kind mit seinem Vater.) Der Weg war lang, und Markus sah beunruhigt zu, wie die Zahl auf der Leuchtanzeige höher und höher wurde. Dumme alte Gewohnheit; er konnte jetzt alle Sorgen dieser Erde haben – mit einer Ausnahme: Geldsorgen.

Und da war der Flughafen. Eine niedrige, gläserne Festung, umstellt von Türmen und Antennen. Stählerner Lärm dröhnte aus dem Himmel, Markus zog instinktiv den Kopf ein. Das Auto hielt, er bezahlte. Das Geld in seiner Brieftasche reichte gerade aus.

Es dauerte eine Weile, bis er sich in der Halle mit ihren Anzeigetafeln zurechtfand. Ein Besuch auf der spiegelnden, gutgereinigten Toilette: Nachdem er zweimal überprüft hatte, ob die Kabine auch versperrt war, wagte er es, den Koffer zu öffnen und ein Bündel herauszunehmen. Und mit zwei Scheinen daraus buchte er an einem Schalter einen Flug in ein fernes Land in einem fernen Kontinent, nahe dem unteren Rand der Weltkarte. Büffelherden und Ebene, Lieder und Feuer in der Dämmerung. Nostromos Silberschatz.

Eine Stunde lang mußte er in einem Warteraum sitzen und in einer aggressiven Hochglanzzeitschrift blättern: Korrupte Politiker, Bestechungen, Geldwäsche, Morde, die Mafia. Als zwei Uniformierte durch den Raum gingen, wurde ihm schwindlig vor Furcht. Doch es waren nur Piloten.

Dann mußte er durch einen Metalldetektor gehen und – mit zitternden Händen – seinen Koffer in eine summende Durchleuchtungsmaschine stellen. Aber es war kein Metall darin, und niemand öffnete ihn. Er durfte weiter.

Das Flugzeug war komfortabel: Business Class, wie das hieß, in stolzer Andeutung, was für geschäftige Leute hier reisten. Der Sitz war weich, die Stewardeß freundlich. Der Start sanft.

Markus atmete aus. So!

Also: Er war entkommen. Er hatte es geschafft. Er sah hinauf: Über ihm, in der Ablage für das Handgepäck, lag sein Koffer und träumte einem Ziel entgegen, das nicht mehr war als ein paar Silben mit exotischem Klang. Und alles, alles würde anders sein. —

Da zerriß der Nebel; die Sonne flammte auf, und feurige Helligkeit floß über ein knolligweißes Schaumgebirge. Markus kniff die Augen zusammen und hielt eine Hand an seine Schläfe; er hatte noch nie soviel Licht gesehen. Der Himmel strahlte in tiefreinem Edelsteinblau, und mitten darin schwamm der Sonnenball wie ein unsagbar heller, strahlender Gott. Markus schloß die Augen und sah zu, wie verschwommene gelbe Figuren sich in der Dunkelheit verschlangen; – die Schönheit brannte auf seiner Netzhaut.

Dann verschwanden die Wolken, und es kamen Spielzeugstädte mit Wattestückchen auf langen Schornsteinen. Dann moosig grüne Flächen, durchschnitten von dünnen Bleistiftlinien, an denen winzige Lichtreflexe entlangzogen. Und die Berge: gezackte Hügel aus gemasertem Granit mit aufgemalten Wasserfällen.

Und dann öffnete sich der Ozean. Ein glattgebügeltes Seidentuch, gefärbt in allen Tönen, Schattierungen, Verläufen von Blau. Manchmal kleine Schiffe, jedes schnitt einen feinen Riß in den Stoff. Nach ein paar Stunden sank die Sonne näher ans Meer: Im Wasser löste sich rote Glut auf, über den Horizont liefen Flammen und wurden kleiner; sehr weit weg malte ein anderes Flugzeug einen Lichtstreifen ins Violett. Dann stieg Dunkelheit, ein feiner Nebelstoff, aus dem Meer und höher und höher in das Gewölbe hinauf. Für eine kurze Zeit schwebte noch diffuses, herkunftsloses Licht in der Luft. Dann war es Nacht.

Dem dicken Mann neben Markus sank die Zeitschrift auf den Schoß, und er begann zu schnarchen. Markus betrachtete ihn verwundert: Wie konnte man nur schlafen! Seit einer Ewigkeit hatte er sich nicht so wach gefühlt.

Draußen spannte sich die Dunkelheit aus, glitzernd von Sternen. Er lehnte den Kopf an das kühle Fenster und dachte an den anderen Markus Mehring, seinen

Zwillingsbruder in einem parallelen Universum. Der hatte über den Kontoauszug gelacht und war zur Arbeit gegangen; womöglich hatte er sogar – denn er war gewissenhaft – die Bank angerufen und auf den Fehler hingewiesen. Um genau diese Zeit ging er wohl gerade nach Hause, über sich den niedrigen Himmel der Stadt. Aber was, wenn das nun der richtige Markus Mehring war – und er hier im Flugzeug mit all dem Geld ein eigenartiger Fiebertraum des anderen? Jetzt noch einmal aufzuwachen in der alten Wohnung, dem alten Bett – konnte man das überleben ...?

Er schloß die Augen und hörte den Motoren, dem Murmeln der Leute, dem Schnarchen seines Nachbarn zu. Er dachte an sein vergangenes Leben, aber da war nicht viel, was er sich ins Gedächtnis rufen konnte. Dann versuchte er, sich die Zukunft auszumalen, aber es gelang nicht: Sie blieb verschwommen und fern. Und dann – als er plötzlich auf einem großen Goldfisch, der irgendwie auch ein Klavier war, durch einen See ritt, der einer Kinderschaukel ähnelte, und ihn all das gar nicht wunderte – war er wohl eingeschlafen. Es geschah noch einiges, aber die Lautsprecherstimme des Kapitäns, die in vier Sprachen einen guten Morgen wünschte, zog ihn in die Wirklichkeit zurück. Und all die Bilder des Traumes flossen davon, bevor seine Erinnerung sie festhalten konnte.

Der Himmel war jetzt weißlich und trüb, durch langgezogene Risse in der Wolkendecke zeigte sich farblos das Land.

Und dann sanken sie durch dichtere Wolken und legten die Gurte an und setzten auf. Unter ihnen streckte sich die Landebahn, empfing sie mit einem dumpfen

Aufschlag und sog grollend ihre Geschwindigkeit ein. Die gelben Bodenmarkierungen liefen langsamer und langsamer vorbei; – und dann, endlich, standen sie. Die Halle war kaum anders als jene, von der Markus gestern abgeflogen war. Ähnliche Schilder, ähnlich unverständliche Durchsagen, ähnliche Leute, etwas dunkler vielleicht und bärtiger. Eine Frau verkaufte waffelartiges Gebäck mit einer dampfenden Masse darauf und schrie etwas mit einer schrillen, jammernden Stimme. Großäugige Kinder streunten durch die Menge. Und es roch eigenartig, ein wenig nach Küche, nach Benzin und Zigarren. Ein *Exit*-Schild wies ihn zum Ausgang. Eine Rolltreppe funktionierte nicht, er mußte zu Fuß gehen, die Hand ganz fest um den Griff des Koffers geschlossen. Und hier war es schon: Eine gläserne Drehtür ließ ihn hinaus, ins Freie.

Es regnete. Regen also auch hier. Er stand auf einem schmalen Platz, voll von Menschen, Rufen, Geschrei. Dahinter zog eine vielspurige Straße vorüber, gefüllt mit hupenden Autos. Aber neben der Straße standen drei gebeugte Palmen, und auf einem nahen Hügel führte ein Mann einen Esel hinter sich her.

Also, wohin jetzt? Nun, zuerst ein Taxi. Und dann ein Hotel finden und dann eine Bank. Nein, besser zuerst die Bank. Oder noch besser: mehrere Banken. Lieber nicht alles einer einzigen anvertrauen, man weiß ja, Banken können Fehler machen. Markus lächelte und trat auf den Platz hinaus. Irgendwie würde alles sich finden.

Und auf einer anderen Hemisphäre lagen die verlassenen Schauplätze seiner Vergangenheit. Vielleicht verfielen sie jetzt schon, da er nicht mehr da war, wie abgestellte Kulissen in einem Depot. Womöglich war die ganze Stadt bereits verflogen, ein Wahnbild, an das niemand mehr glaubte.

Nur laß es nicht umgekehrt sein! Wenn nur nicht das hier der Traum ist und plötzlich ein Riß diesen Himmel spaltet und durch ihn Morgenlicht hereindringt und das Quieken meines Weckers! Von allen Ängsten – vor Überfällen, vor einem Unglück, vor Interpol – wird das die schlimmste sein, und sie wird nie verschwinden. Niemals werde ich sicher sein, ob nicht im nächsten Moment das Erwachen die Farben vom Horizont spült. Kann man wirklich, wie der arme Märchenkalif, nach einem halben Leben entdecken, daß nur eine Nacht vergangen ist, im dritten Stock unter gelbgefleckten Gardinen ...?

Markus schüttelte verwirrt den Kopf und winkte einem Auto, das wie ein Taxi aussah. Für einen Moment verschwamm der Boden unter seinen Füßen, und alles kippte in eine seltsame Unwirklichkeit. – Er biß die Zähne zusammen und konzentrierte sich, und widerwillig nahm die Welt noch einmal Form an. Das Auto hielt.

Der Koffer in seiner Hand fühlte sich plötzlich schwer an; er sehnte sich danach, ihn abzustellen. Die Autotür öffnete sich, der Fahrer musterte ihn neugierig. Er sah dem Fahrer von gestern ähnlich, er hatte sogar den gleichen Bart. Markus verstand, daß er jetzt einsteigen sollte. Nun, warum nicht – mitspielen, solange es dauert! Er senkte den Kopf und kletterte vorsichtig in den Wagen. Dann lehnte er sich zurück und legte die Hände fest auf seinen Koffer.

Und dann fuhren sie los.

TÖTEN

Da war vor allem dieser Hund. Er war immer da, und er schien immer dagewesen zu sein. Ein Schäferhund, groß, mit hellem und etwas strähnigem Fell, mit spitz aufstehenden Ohren und länglichen roten Augen, in denen nichts zu sehen war als stumpfe Bosheit. Und natürlich die Zähne; was für Zähne.

Vor drei Jahren hatte es ihn schon gegeben. Auch vor fünf. Und sogar vor zehn. Immer hatte er hinter dem Zaun gestanden und einen angestarrt und dann langsam die Zähne entblößt, mit einem leisen, dunklen Vibrieren in seiner Kehle.

Das hatte einen Schatten geworfen: auf jeden Tag, auf jede Nacht (denn nachts hörte man das Bellen; er bellte Autos an oder den Halbmond oder Gestalten seiner Träume). Er gehörte dem Nachbarn, einem dicken und verschwitzten Menschen, der selten sprach und stolz darauf war, daß sein Hund morden konnte. Man hatte auch vor ihm Angst gehabt, aber wahrscheinlich bloß deshalb, weil sein Bild mit dem des Hundes verbunden war: Der Hund war das Böse, das Lauernde, die Gefahr am Rand jedes Augenblicks. Man hatte gehofft, er würde einmal verschwinden oder sterben; aber er war geblieben. Er schien unsterblich zu sein.

Am schlimmsten waren die Sommerferien. Wenn das Gras gelbe Hitze ausströmte und der Himmel nahe und schwer war und wie aus warmem Metall und die Zeit nicht verging und sich nichts rührte, nirgendwo in der Welt. Und man saß auf dem Boden, blätterte in Comic-Heften (Mickey war ein Idiot) und hörte dem Fernsehen zu, hinschauen lohnte sich nicht. Das Geräusch der Autos unter der Brücke war gleichmäßig, wie fließendes Wasser. Dazu das Gebell, und hin und wieder ein Flugzeug. So war es mit zehn, mit elf, mit zwölf. Nichts schien sich ändern zu können. Und mit dreizehn. Und mit vierzehn.

Er gähnte. Er gähnte noch einmal und sah auf die Uhr: Es war kaum später als eben, vor einer Viertelstunde. Die Sonne glühte, spiegelte sich im Fensterbrett, eine kleine Spinne lief die Wand hinauf. Er gähnte noch einmal.

Seine Schwester blätterte eine Seite in einer Zeitschrift um. Der Fernseher murmelte. Jetzt gähnte sie auch. Sie war zwei Jahre älter, sie trug einen kurzen Rock, ein ärmelloses Hemd: ihre Brüste waren weißlich, nicht besonders groß, aber deutlich erkennbar. Er sah langsam auf. Aber sie beachtete ihn nicht.

Die Spinne hatte die Decke erreicht, zögerte, schien sich in einen Fleck auf der Tapete zu verwandeln. Im Fernsehen lief, mit Musik, eine Waschmittelwerbung: Eine Hausfrau lächelte, schwenkte ein Handtuch ...

»Wann«, fragte er, »gibt es Essen?«

»Was?« fragte sie, ohne ihn anzusehen. Sie blätterte um.

»Wann gibt es Essen?«

Sie antwortete nicht. Nebenan bellte der Hund. Auf dem Fensterbrett tauchte ein Schatten auf, vierbeinig, umstrahlt im Gegenlicht, eine Katze. Mußte jemandem aus der Nachbarschaft gehören. Ihr Schwanz strich über das Glas, ihre Bewegungen waren weich, seltsam zärtlich. Sie sprang vom Fensterbrett, verschwand in der Helligkeit draußen.

Im Fernsehen war ein Mann zu sehen: dünn, blaß, mit einem Rollkragenpullover. Im Nebenzimmer, es war die Küche, klirrte etwas und zerbrach.

»*Fragen*«, sagte der Mann, »*die sich uns stellen, denen wir uns stellen müssen. Weil wir alle ...*« Seine Stimme klang etwas zu hoch und seltsam brüchig. Als wäre der Lautsprecher nicht in Ordnung. »*Augustinus spricht von einem Mangel, einem Fehlen, gewissermaßen einer Lücke. Wir nennen es ›böse‹, aber das ist irreführend. Es ist bloß eine Abwesenheit von Gutem, nichts Eigenständiges, nichts ... – wie soll ich es sagen? – nichts Wirkliches. Und wenn ...*«

»Mach das aus!« sagte seine Schwester. Und blätterte um. Die Spinne war verschwunden. Aus der Küche kam ein scharrendes Geräusch: Scherben wurden aufgekehrt.

»*Deshalb dürfen wir nicht sagen, daß es das Böse ... gibt. Weil sein Wesen eben der Mangel ist, und die Abwesenheit. Darum ist es ohne Kraft wie ohne Wirklichkeit wie ohne ...*«

»Mach das aus!«

Er wollte nicht. Nicht etwa, weil es ihn interessierte, sondern bloß, weil er niemals tat, was sie ihm sagte. Ein Schmetterling schlug gegen die Fensterscheibe, seine Flügel glänzten dunkelrot, in den Sonnenstrahlen wirbelten silberne Körnchen. Er gähnte, Tränen traten in seine Augen, und das Zimmer zerfloß in hellem Nebel. Er tastete nach der Fernbedienung: Es lohnte sich nicht, einen Streit anzufangen, nicht deswegen. Er drückte auf den Ausschaltknopf: Der Mann im Pullover verschwand in einem elektrischen Aufblitzen. Der Bildschirm war wieder schwarz und ein Spiegel des Fensters, des Sofas darunter und seiner eigenen hockenden Gestalt: klein-gewachsen (zu klein, alle sagten das), die Haare nicht gekämmt, ein zerknittertes Hemd.

Er stand auf. Seine Beine taten weh, das linke krib-belte, es war beinahe eingeschlafen. Er ging zur Tür – seine Schwester sah nicht auf, als er vorbeiging – und trat hinaus. In den Garten.

Er kniff die Augen zusammen, die Helligkeit war ste-chend, sie brannte in seinem Kopf. Und die warme Luft fühlte sich an wie eine stockende Flüssigkeit, er mach-te einen Schritt, und sie strömte um seine Beine, seine Arme, seinen Hals. Er stand da und wartete, um sich daran zu gewöhnen. —

Vor ihm war der Rasen, fünf mal zehn Meter, dahin-ter ein grüner Drahtzaun. Hinter dem Zaun (nicht hin-sehen!) bewegte sich etwas, der Hund. Vor dem Zaun waren Tulpen, und sie schwankten hin und her, obwohl kein Wind wehte. Etwas Wind wäre gut gewesen. Und auf der Wiese, genau in der Mitte, lag die Katze.

Eigentlich lag sie nicht, sondern sie kroch. Mit dem Körper auf dem Boden und tief gesenktem Kopf und leicht gekrümmten Beinen. Es war eine seltsame, schwimmende Bewegung, lautlos, und ihre Schnurr-barthaare und die Haare auf ihren Ohren glitzerten, und an ihren Pfoten schienen, aber vielleicht war das eine Täuschung, die Krallen weit ausgefahren. Der rote Schmetterling landete im Gras, zögerte einen Moment und flog weiter; er blitzte auf wie eine winzige Flamme.

Und dort war – die andere Katze. Sie war größer und hatte langes, flauschiges Fell. Die beiden starrten einander an, geduckt, aus runden Augen. Etwa zwei Meter, oder weniger, voneinander entfernt. Und die Hitze und das Gleißen und die unbewegte Luft; die eine Katze fauchte leise, die andere wich zurück, nicht viel, nur ein paar Zentimeter ... —

Er hörte seine Schwester lachen. Er drehte sich um: Sie hatte die Zeitschrift weggelegt, lehnte sich zurück und sah grinsend durch die offene Tür. »Die spielen ein wenig«, sagte sie. »Männchen und Weibchen. Nett, nicht?«

Da machte eine Katze einen Satz – und die andere wich fauchend zurück, aber nicht viel, und dann, für einen Moment, wurden sie zu einem rollenden, kreischenden Pelzknäuel; dann löste sich die eine und rannte, und die andere folgte ihr, auf die Büsche zu, und dann verschwanden sie, und eine Weile bewegten sich, raschelnd, noch die Büsche, und kleine Blätter rieselten zu Boden, und der Hund nebenan bellte; dann war es vorbei. Alles war ruhig, nur der Hund knurrte und ein Auto auf der Straße heulte auf, falsch geschaltet. Und dort war, noch einmal, der Schmetterling. Seine Schwester lachte noch, er zuckte die Achseln ... – und ging.

Durch das Gartentor, auf die Straße. Hier war niemand: Der Asphalt glänzte, auf den Kühlerhauben der abgestellten Autos malten sich Sonnen. Vor jedem Zaun stand eine schwarze Mülltonne. In der Luft war ein schwacher Geruch von Essen, von Braten und Gemüse: Überall kochten sie jetzt. Er schob die Hände in die Hosentaschen und schlenderte los.

Für ein paar Schritte begleitete ihn, auf der anderen Seite des Zaunes, der Hund. Schweigend und aufmerksam; er bemühte sich, nicht hinzusehen. Der Hund gab ein tiefes, seltsames Geräusch von sich, nicht ganz ein Knurren. Er ging schneller, nun war es ein anderer und noch ein anderer Zaun; er seufzte erleichtert. – Da blieb er stehen, bückte sich und hob etwas auf: einen länglichen roten Ziegelstein. Sein Fuß tat weh, es war ein scharfer und brennender Schmerz, wieso zum Teufel lag dieser Stein hier; er wollte ihn wegwerfen, aber dann ... ging er weiter. Und behielt ihn in der Hand. Er fühlte sich rauh und fest an, seltsam angenehm. Die Straße hob sich, stieg an, mündete in eine Brücke. In der Mitte, es war genau die Mitte, erkennbar an dem kleinen weißen Strich auf dem Geländer, blieb er stehen. Er hatte den Strich selbst gemacht, schon vor vielen Jahren.

Da unten war die Landstraße, zu beiden Seiten gesäumt von Bäumen, von knollig grünen Ulmen mit schillernden Blättern, keines rührte sich, bis zum Horizont, und das war beinahe schön. Jetzt kam ein Auto: ein wachsender Punkt, er nahm Form an, bekam Konturen, näherte sich brummend, verschwand mit einem zischenden Geräusch – als ob jemand Luft einsog – unter der Brücke, tauchte auf der anderen Seite wieder auf, das Brummen wurde tiefer, das Auto schrumpfte, zerfloß im Licht, war weg. Eine Weile war es ruhig, bis das nächste Auto kam. Als ob irgend jemand es regelte, darauf achtete, daß sie den richtigen minutenlangen Abstand hielten. Es war meistens so.

Er schwitzte nicht, trotz der Hitze, denn sie war ganz trocken, ohne Feuchtigkeit, vollgesogen nur mit Licht, mit heller Wärme. Aber etwas Wind wäre gut gewesen.

Er lehnte sich an das Geländer, erschrak, riß die Arme zurück; der Schmerz biß in seine Haut und ließ langsam nach. Das Eisen (er faßte es noch einmal an, vorsichtig, mit einem Finger) glühte; man konnte es nicht berühren. Rechts von der Straße waren Häuser, mit Dächern, roten Schornsteinen, Fernsehantennen; links waren Wiesen, braune, nicht bepflanzte Äcker und dann Hügel, Hügel bis zum Horizont: niedrige grüne Wellen, wie festgefroren im Erdboden. Der Stadtrand. Hier geschah nie etwas. Hier war es ruhig und friedlich und ereignislos; so etwa mußte es dort sein, wo man war, wenn man tot war, wo nichts passierte, nie wieder ... Zu seiner Rechten war die Stadt. Eine Kleinstadt, und er kannte jede Straße, jedes Haus, aber das bedeutete nicht viel. Weg von hier! Wenn man weg könnte, egal wie und egal wohin ...! Nur weg von hier!

Er setzte sich. Der Asphalt war hart und warm; er konnte zwischen den Stäben des Geländers hindurchsehen wie durch Gitter, als wäre er eingesperrt (er war es ja), und seine Beine hingen über die Brückenkante in die Tiefe, und wenn er sie bewegte, konnte er die Luft fühlen, und das war fast wie Wind und kühl und angenehm.

Ein Auto zog heran, zischte, zog davon. Ein Flugzeug brummte, beschrieb eine Kurve auf die Sonne zu und verbrannte. Noch ein Auto. Dann war es still. Links von ihm, in den Feldern, zirpten Grillen: ein riesiger, vielstimmiger Chor. Er sah auf die Uhr. Es war noch immer nicht später geworden. Er schloß die Augen. Es schien keine Zeit mehr zu geben. Und plötzlich fiel ihm auf, daß man nie aus der Gegenwart hinauskonnte, niemals, daß man immer eingesperrt war in einen einzigen nie wechselnden, nie sich ändernden Moment. Er stöhnte leise.

Und da wußte er, daß etwas geschehen würde. Daß etwas geschehen mußte. Bald.

Er wollte die Augen nicht öffnen. Es war angenehm so: hell und dunkel zugleich, warm, die Grillen zirpten. In der Nähe, rechts, bellte der Hund. Er atmete tief ein. Und aus. Dann mußte er gähnen.

Einen Augenblick lang fühlte er, wie es wäre, wenn es ihn nicht gäbe. Wenn er nicht da wäre. Eine weite und unveränderte Welt: derselbe Himmel, und diese Straße und derselbe wellige Horizont und seine Schwester und seine Mutter in der Küche und die Scherben (jetzt schon nicht mehr) auf dem Boden und die beiden Katzen im Garten und der Hund nebenan und dieser Ziegelstein und sogar die Ameise, die ihm eben so vielbeinig über die Hand gekrochen war. Bloß er nicht.

Er atmete und spürte, wie die warme Luft durch ihn floß, hinein und hinaus, durch die Leere in ihm. Seine Hand juckte, er öffnete die Augen: Da war wieder die Ameise. Er streckte die Hand aus, schüttelte sie, und die Ameise war verschwunden. Vermutlich hinuntergefallen, auf die Straße, ein ungeheurer Sturz für sie, ein unendlicher fast. Er mußte lächeln, dann wurde er ernst. Und plötzlich war ihm kalt.

Jetzt wußte er, was passieren würde.

Er zog die Beine ein, zwischen den Stäben hindurch, und stand langsam auf. Seine Knie schmerzten. Und nun schwitzte er auch, obwohl er ja fror. Dafür also, dachte er, habe ich ihn aufgehoben. Dafür ...?

Er sah sich um. Niemand rechts und niemand links, schlafende Autos, Mülltonnen, kein Mensch. Und neben der Landstraße waren bloß Bäume. Mittag: Hierher kam jetzt niemand, und die, die hier wohnten, waren in ihren

Wohnzimmern und aßen. Auch bei ihm würde es bald Essen geben. Er mußte sich beeilen.

Also wartete er. Seine Hände zitterten. Er wußte, daß etwas in ihm in der letzten Sekunde versuchen würde, ihn zurückzureißen und den Moment vorbeigehen zu lassen, um ihn zu zwingen, zu bleiben, was er war. Er schwitzte noch stärker. In seinen Schläfen klopfte es, und es rauschte in seinen Ohren, und die Straße vor seinen Augen (auch der Himmel, auch die Bäume) flimmerte wie auf einem schlechten Fernseher, und in ihm, in allen Adern, bewegte sich ein scharfer, seltsam elektrischer Schmerz. Er hörte seinen Atem und sein Herz. Er wollte einen Schritt machen, aber dann ließ er es, weil seine Beine ihm nicht verläßlich vorkamen. Es fiel ihm schwer, den Stein festzuhalten. Und dann wurde ihm schwindlig, und der Boden unter ihm verlor seine Farbe und begann zu zerrinnen ... Da hörte er etwas.

Das ferne, sich nähernde Geräusch eines Autos. Er richtete sich auf. Die Angst und das Zittern und der Schmerz: Plötzlich war alles vorbei.

Es war weiß und lang und trug einen blinkenden Mercedesstern auf dem Kühler. Die Straße schien ihm jetzt klarer sichtbar, deutlicher und schärfer gezeichnet in ihren Konturen. Die Bäume, noch immer bewegte sich kein Blatt (doch: da fiel eines langsam, auf runder Spiralbahn, dem Boden entgegen), die Hügel, und rechts die Häuser, und kein Mensch zu sehen. Gut. Er atmete ein und wußte, er würde erst wieder ausatmen, wenn es vorbei war. Es war schon fast da, es fuhr ziemlich schnell; über das Dach zogen die Schatten der Bäume, ein rhythmisches Flackern; die Windschutzscheibe war tiefblau gefärbt vom Himmel. Wer wohl, dachte er, darin sitzt ... Und er wußte sofort, daß diese Frage ihn nicht mehr, sein Leben lang nicht, verlassen würde. Er streckte die Hand aus, die rechte, die den Ziegelstein hielt, weit über die Brüstung.

Es mußte der richtige Moment sein, genau gezielt und abgeschätzt, ähnlich wie beim Schießen oder einem guten Stoß beim Billard; nur, daß er beides nie gemacht hatte. Er kniff ein Auge zu, die Straße schien näherzurücken, auf dem Autodach schwebte die Sonne; es würde gleich da sein; der Ziegelstein war rauh und ziemlich schwer und zerrte abwärts; und gleich, noch nicht, würde es soweit sein, noch nicht, und seine Schwester fiel ihm ein und, seltsam, der Mann im Fernsehen, noch nicht ... – jetzt!

Eine Sekunde lang hatte er befürchtet, daß seine Hand sich weigern, sich einfach nicht öffnen würde; aber es ging ganz leicht. Dann schien es noch, als ob der Stein hierbleiben könnte, bewegungslos, einfach nicht fallen ... Er war da, noch da, noch immer da. – Dann fiel er doch.

Das Auto zog heran, der Stein fiel, zwei klare geometrische Bewegungen, zwei Linien, die sich treffen würden, die einem Punkt zustrebten, und plötzlich eigenartig langsam. Und der Stein schrumpfte, und das Auto wuchs, und vielleicht, dachte er noch, würde er es verfehlen oder zu früh aufschlagen oder zu spät ... —

Aber er traf genau. Ein wachsender dunkler Schatten vor dem Blau in der Scheibe, und dann mit einem singenden Ton ...

Sprang er weg. Als wäre er auf etwas Weichem, Federndem aufgekommen. Beschrieb eine kleine Kurve und rollte an den Straßenrand.

Und der Himmel auf dem Glas war plötzlich durchschnitten, zerteilt; das waren – ja! – Risse ... Und jetzt, klirrend, löste sich die Scheibe auf, verschwand in einem schwarzen, wachsenden Loch ... während das Auto sich nach rechts bewegte, seitwärts, dem anderen Straßenrand zu. Dann war es unter der Brücke.

Noch hatte er nicht ausgeatmet. Er drehte sich um und rannte los, über die Straße, zum Geländer gegenüber. Das Auto war schneller als er: Als er angekommen war, war es schon zehn oder mehr Meter weiter und ganz links, und jetzt erst quietschten die Bremsen. Und da war ein Baum, und er wich nicht aus, und mit einem Knall (ein sinnloser Reflex ließ ihn den Kopf einziehen) drückte sich die Motorhaube dagegen, zerknitterte, verformte sich, als wäre sie aus etwas Weichem, aus Knetmasse ... Die Hinterräder malten zwei geschwungene schwarze Striche auf den Boden; sie fuhren noch, drängten vorwärts: Und die Hinterseite – Heck und Kofferraum und eine hektisch schwankende Antenne – beschrieb einen Halbkreis um den Baum, das Auto drehte sich, drehte sich weiter, Kieselsteine spritzten auf, die Sonne blitzte in einem Fenster, und die Bremsen quietschten noch, und dann löste es sich von dem Baum, glitt rückwärts davon, auf einen Gartenzaun zu; der Zaun ächzte und fiel, fiel als Ganzes (ein Holzpfahl schoß senkrecht in die Luft, schien einen Moment zu schweben, fiel, landete in der Straßenmitte und splitterte der Länge nach entzwei); Vögel flogen auf, flatterten keifend über dem Auto. Dem stehenden Auto.

Es stand in einem Vorgarten: Die Hinterräder in einem Blumenbeet, die Vorderräder auf dem Rasen, unter ihm der gefällte Zaun. Die Motorhaube war tief und rund eingedrückt, die Windschutzscheibe fehlte. Eine kleine runde Rauchwolke, wie herkunftslos, stieg schillernd in den Himmel und löste sich auf. Es war ganz still. Die Grillen zirpten nicht mehr. Nichts rührte sich, nirgendwo, an keinem Ort der Welt. Die Luft flimmerte; es sah so aus, als ob kleine Wellen über den Asphalt liefen. Die Vögel, es waren drei, landeten nebeneinander auf der Wiese.

Er atmete aus.

Er fühlte sich ein- und aus- und einatmen. Und spürte, wie sich das Bild vor ihm, Auto und Zaun und die drei Amseln, in sein Gedächtnis brannte. Es würde da sein, von jetzt an, für immer. Das wußte er. Auch der Baum war schief, geknickt wie ein Grashalm. Jetzt flatterte einer der Vögel in die Höhe. Und plötzlich öffnete sich, ganz langsam, gezogen von nichts als ihrer eigenen Schwere, die vordere rechte Tür. Schwenkte auf, stand offen.

Er drehte sich um und rannte los. Aus dem Augenwinkel sah er noch, wie eine Frau aus dem Haus trat und auf das Auto zulief; gleichzeitig tauchte links in der Ferne ein anderes Auto auf; und plötzlich bellte der Hund, und auch die Grillen waren zu hören: Alles kam wieder in Gang. Und er rannte. Den Kopf gesenkt, den Blick auf seine Füße, die abwechselnd auftretenden Turnschuhe geheftet; keiner durfte sein Gesicht erkennen. Aber nein, dachte er, das war überflüssig. Niemand hatte ihn gesehen. Er sah auf die Uhr: Es hatte wohl keine zwanzig Sekunden gedauert. Und es waren bloß zehn Minuten, seit er losgegangen war.

Hier war schon das Gartentor. Er blieb stehen, öffnete es, ging hinein. Neben dem Haus leuchteten die Tulpen, eine der Katzen rollte über den Rasen, streckte die Beine in die Höhe und schnurrte leise. Er bückte sich und kraulte sie am Hals, sie schmiegte sich an seine Hand. Das Gras bewegte sich, und die Büsche, und die Tulpen ... Er richtete sich auf. Wind! Ja, das war kühle, bewegte Luft, und sie floß von Osten her, und in ihr klangen gedämpft Motorgeräusche und (schon?) die Töne von Sirenen. Und, natürlich, das Gebell. Er stand regungslos und sah hinüber. Dann lächelte er.

In der Garage war es dunkel – das Licht, das durch die offene Vordertür kam, reichte nicht ganz aus, und eine der zwei Glühbirnen war kaputt –, und es roch modrig und nach Feuchtigkeit und Benzin. Aber er fand schnell, was er suchte: Auf dem Holzregal lagen alte Geräte, Handschuhe, Drahtspulen ... eine Spinne rannte aufgeschreckt auf die Wand zu und verschwand in einer Ritze; ihr Netz klebte an seinen Fingern; er biß die Zähne zusammen, um die sich hebende Welle von Ekel niederzukämpfen, und es fiel ihm überraschend leicht, leichter als je. Hier: ein Karton, halbvoll noch. Ein scharf riechendes weißes Pulver. *Von Kindern fernhalten.* Und hier auch ein alter Plastikteller, etwas schmutzig, aber das war egal.

Dann ging er zurück, ins Haus. Der Fernseher war abgestellt, seine Schwester war nicht mehr da, der Tisch war gedeckt. Er ging in die Küche.

Seine Mutter stand am Herd, mit Schürze und Löffel und pelzigen Pantoffeln; er sah sie nicht an.

»Geh vom Kühlschrank weg!« sagte sie. »Es gibt gleich Essen. Was nimmst du da?«

»Nichts«, sagte er und machte die Schranktür wieder zu. Er hielt die Wurst so, daß seine Mutter sie nicht sehen konnte. »Nichts!« sagte er noch einmal. Und ging hinaus.

Er setzte sich ins Gras, ins warme rauhe Gras und lehnte seinen Rücken an die Hauswand. Dann schnitt er die Wurst in dünne Scheiben; sie wurden nicht sehr dünn, und fast hätte er sich geschnitten. Dann, sehr vorsichtig, um nichts zu verschütten, füllte er den Teller mit dem Rattengift aus dem Karton. Es rieselte heraus, mit einem leisen Raschelgeräusch. Und glänzte in der Sonne. Er rührte mit dem Zeigefinger um, Pulver und Wurstscheiben, gut mischen, gleichmäßig verteilen, wie beim Kochen. Nur, daß er nie gekocht hatte.

Er stand auf. Der Wind war stärker geworden, er mußte die Hand über den Teller halten; etwas Pulver wehte trotzdem davon, eine Wolke aus weißem Staub. Der Geruch der Tulpen war sehr kräftig geworden. Die Katze sprang einem roten Schmetterling nach, vielleicht noch demselben.

Er beugte sich über den Zaun. Das hatte er noch nie getan. »He!« rief er. »Hörst du mich? He!«

Und da war er. Ein heranstürmender knurrender Schatten; er warf sich gegen den Zaun, so fest, daß dieser in all seinen Drahtmaschen quietschte. —

»Gut!« sagte er. Und kniete sich hin. »Hast du Hunger?« Unter dem Zaun war ein schmaler Spalt, fünf Zentimeter vielleicht. Früher hatte er immer befürchtet, der Hund könnte einmal durch ihn herüberkriechen. Aber für einen Teller war er doch breit genug. Und auch, um den Teller nachher zurückzuholen; er würde keine Spur hinterlassen.

Er stand auf. Der Hund sah ihn an, aus seinen roten Augen. Jetzt fletschte er nicht mehr die Zähne, und er knurrte auch nicht. Das war das letzte Mal. Nach so langer Zeit: das letzte Mal. Der Hund senkte den Kopf, die Ohren spitz und aufgerichtet. Und begann zu fressen.

Er drehte sich um, schob die Hände in die Taschen und schlenderte auf das Haus zu. Die Sirenen waren noch da, auf- und abschwellend; und wenn man genau hinhörte, konnte man zwei verschiedene unterscheiden: Polizei und Ambulanz. Sicher, die nächsten Tage würden aufregend sein, noch war es möglich, daß sie ihn fanden. Aber schlimmstenfalls würde er leugnen, alles leugnen, und sie würden nichts beweisen können. Der Stein war zu rauh für Fingerabdrücke. Er wußte plötzlich, daß er ihnen gewachsen war. Ihnen allen. Die Katze sprang und griff zu, aber der Schmetterling stieg höher und höher, funkelnd, und verschwand in der Sonne. Wer wohl in dem Auto ...? Na ja, wenn die Rettung da war, dann hieß das wohl, daß er – oder sie, vielleicht auch sie – doch nicht tot war, jetzt noch nicht. Auch gut. Aber das ging ihn nichts an.

Die Tür stand offen, er trat ein und blieb stehen. Er spürte noch die Wärme von draußen auf seinem Rücken, und zugleich brauchten seine Augen ein paar Sekunden, um sich auf das Zimmer einzustellen: Drei Schatten, umrahmt von Dunkelheit, und sie wandten sich ihm zu, schweigend ... Dann sah er schon deutlicher, und es waren bloß seine Eltern und seine Schwester. Sie saßen am Tisch. Er sah seine Schwester an und lächelte und bemerkte, daß sie seinem Blick auswich.

»Setz dich!« sagte jemand, wahrscheinlich seine Mutter.

»Ja«, sagte er. Aber einen Moment blieb er noch stehen. Von draußen kam ein seltsames Geräusch, es

klang wie ein Jammern, hoch und nicht ganz mensch-
lich.

»Komisch«, sagte seine Mutter, »das muß der Hund
sein. Setz dich doch!«

Und er setzte sich wirklich. Er würde noch eine Weile
tun, was sie ihm sagten, und er würde hierbleiben, jetzt
machte es nichts mehr aus. Er war stärker als sie. Er
war stärker als die meisten Menschen, die er treffen
würde. Er lehnte sich zurück und atmete tief ein und
aus und fühlte den kalten Glanz um sich, eine Art
Macht, eine Art Heiligkeit. Es gab etwas, das sie nicht
kannten, aber er schon, und es war etwas Großes. Er
lächelte immer noch, jetzt fiel es ihm leicht.

»Wunderbares Wetter, nicht?« sagte seine Mutter und
legte ihm irgend etwas auf den Teller. »Genau richtig für
die Ferien. War das nicht ein schöner Vormittag?«

Er blickte sie an, ganz direkt, aber sie sah plötzlich
woanders hin. Er nahm Messer und Gabel; das Metall
fühlte sich kühl an und fest und angenehm. Er überlegte einen Moment.

»Doch«, sagte er dann, »doch ja. Er war ziemlich gut.«

UNTER DER SONNE

Der Zug kreischte auf und riß Kramer aus dem Schlaf. Draußen flogen Pappeln vorbei, dunkle Pfeiler, die sich nach dem Himmel streckten, in der Ferne Palmen und dahinter eine funkelnde Linie: das Meer. Kramer saß mit dem Rücken zur Fahrtrichtung: Die Bäume schossen in sein Blickfeld, rasten davon, wurden langsamer und lösten sich in Helligkeit auf. Der Himmel war dunkelblau und wolkenlos, eine riesige Sonne kletterte auf den Zenit zu; am Horizont hoben die Wiesen sich zu sanften Wellen; – Weinberge, im Dunst kaum erkennbar.

Der Waggon war jetzt fast leer. Bevor Kramer eingeschlafen war, hatte er sich noch darüber geärgert, daß er keinen Schattenplatz gefunden hatte. Jetzt ging es: Er stand auf und wechselte auf den Sitz gegenüber. Außer ihm war nur noch ein alter Mann da, dessen Kopf an der Scheibe lehnte und zahnlos schnarchte. Dazu eine dicke Frau, von der er nur Nacken und Haare und einen fleischigen, über die Sitzlehne hängenden Arm erkennen konnte, und, ihr schräg gegenüber, ein blondes Mädchen, elf oder zwölf Jahre alt, in einem ärmellosen Sommerkleid. Kramer sah wieder aus dem Fenster. Ein Dorf: rote Dächer, Steinhäuser, Menschen auf einer Schotterstraße, ein alter Lastwagen vor einer Schranke. Ein leicht schiefes Schloß, dann wieder Pappeln und Pinien. Bonvards Welt.

Endlich. Bonvards Licht, Bonvards Bäume, Bonvards Meer. All das kannte Kramer schon seit langem, aber jetzt, zum ersten Mal, *sah* er es. Es war eigenartig und aufregend: So, als hätte Bonvard selbst die Welt da draußen geschaffen, – und in gewisser Weise stimmte das ja auch; denn woher hatte sie ihren Glanz, wenn nicht von der Berührung mit Bonvards Phantasie! Kramer streckte den Arm aus, um die Sonnenblende herunterzuziehen, – und ließ ihn mit einem gepreßten Schmerzenslaut sinken. Die fette Frau drehte einen Moment lang den Kopf herum, und auch das Mädchen sah zu ihm hinüber. Er spürte, wie er rot wurde. Vor Scham und vor Ärger. Seit gestern quälte ihn dieser Hexenschuß, seit dem Kofferauspacken im Hotel, als er sich gebückt hatte, um die Socken ... – Verdammt, war Hexenschuß nicht nur etwas für alte Leute? Vorsichtig drückte er seinen Rücken in die weiche Polsterung.

Plötzlich ein unangenehmer Geruch nach Schweiß. Er sah auf: Eine Uniform mit Kappe, ein Schnurrbart darunter: »Billet, s'il vous plaît!« Kramer tastete nach seiner Brieftasche. Wo ... – Ach hier. Er streckte dem blauen Mann die Fahrkarte entgegen, der nahm sie und erstarrte, eine Sekunde lang, zwei, drei ... Kramer wurde unruhig. Stimmte etwas nicht ...?

Das Schlimmste geschah. Der Schaffner ließ die Karte sinken, schüttelte den Kopf und sagte etwas Französisches, das Kramer nicht verstand. »Pardon?« Der Schaffner wiederholte es. Jetzt war sogar der Alte wach und starrte her. Der Schaffner machte eine eindeutige Handbewegung: Aufstehen! Kramer gehorchte, seine Knie waren weich. Der Schaffner zeigte auf die Zahl an der Wand, eine rote Eins, dann auf Kramers Fahrkarte. Ach so! Kramer begriff, wieder spürte er, wie er rot wurde. Er zog seine Aktentasche aus dem Gepäcknetz und machte sich auf den Weg in die zweite Klasse. Kurz bevor die Waggontür sich hinter ihm schloß, hörte er noch den Schaffner etwas sagen und das Mädchen lachen.

Der nächste Waggon war voll von Menschen und Hitze, hier arbeitete keine Klimaanlage. Gekrümmt bewegte sich Kramer auf einen freien Sitz zu und ließ sich vorsichtig hineinsinken. Neben ihm saß ein schwitzender Mann im Unterhemd, ihm gegenüber eine alte Frau, die eine Zigarette rauchte, trotz des Verbotszeichens auf der Scheibe. Der Sitz war hart, die Sonne blendete. Kramer schloß die Augen.

Ein Knistern und dann durchdringender Wurstgeruch sagten ihm, daß der Mann neben ihm sein Mittagessen auspackte. Die Wurst und der Zigarettenrauch, das Schlingern des Zuges, die Wärme und die Schmatzlaute mischten sich im sonnenhellen Dunkel zu einem wabernden Gefühl von Übelkeit. Er schlug die Augen wieder auf, es wurde ein wenig besser. Er öffnete seine Tasche und zog ein Buch heraus. Vielleicht half Lesen.

Bonvard. Sein Leben, sein Werk von Hans Bahring. Auf dem Titelblatt das berühmte Porträt Bonvards aus dem Jahr 1960, mit einer weißen Jacke, kurz geschnittenem Vollbart und im Wind flatternden Haaren. Im Hintergrund, unscharf, eine Baumgruppe und etwas Blaues, vielleicht ein Fluß. Irgend etwas am Fotografen oder neben ihm mußte seine Aufmerksamkeit erregt haben, seine Augen auf dem Bild leuchteten vor Heiterkeit und gespanntem Interesse. Auf der Rückseite, klein über dem Werbetext, eine Aufnahme von Bahring, blasiert durch seine Brillengläser grinsend. Kramer schlug das Buch auf; viele Seiten waren geknickt und zerknittert und alle bedeckt von dünnen Bleistiftlinien, Rufzeichen, Fragezeichen, Unterstreichungen.

Kapitel I: *Kindheit.* Heinrich Bonvards Geburt am 17. 3. 1908 als Sohn eines Großindustriellen hugenottischer Abstammung. Ein Milieu, wie man es aus Romanen kennt, die man auf alten Bücherborden findet: Gouvernanten, Aufenthalte in schnörkelreichen Kurorten, starre Fotos im Matrosenanzug mit einem Peitschchen in der Hand, später Hauslehrer.

Kapitel II: *Jugend.* Streifzüge allein durch die Wälder, Freundschaft mit Dorfkindern und einem großen Hund. Neue, teurere Hauslehrer; Unterricht in vier Sprachen. Die Mutter stirbt, der erste Schnitt durch das Glück und die grüne, wohlmeinende Sicherheit der Welt. Dann das Internat: Lange Gänge, dunkle Ecken, Lehrer mit gestärkten Kragen und faltigen Lippen. Die Mitschüler beobachten ihn und kichern hinter ihm her. Einen von ihnen verprügelt er so, daß dieser ins Krankenhaus muß. Von da an wird er respektiert. Ferien: Er ist größer geworden, jetzt reden die Angestellten ihn mit »Sie« an. Sein Vater begrüßt ihn verlegen, er hat wieder geheiratet. Der Hund ist gestorben. Er beginnt sein Tagebuch.

Kapitel III: *Jünglingsjahre.* (Bahrings prätentiöse Tolstoi-Anklänge!) Der große Krieg hat das Familienvermögen vervierfacht. Er endet, und acht Jahre später auch die Schulzeit. Eine unerfreuliche Angelegenheit mit einem Dienstmädchen wird vom Vater beendet; sie verschwindet an einen sehr fernen Ort. Ein Foto zeigt Bonvard blaß und ein wenig erstaunt. Statt der Matrosenkleidung jetzt ein Maßanzug. Das Studium in Paris: ein Semester Jus, dann sechs Semester Philosophie und schließlich drei Semester Mathematik. Mit dreiundzwanzig verlobt er sich, zwei Monate später wird die Verlobung gelöst. Ein Bändchen mit Novellen erscheint und geht klanglos unter. Da stirbt sein Vater. Er verkauft die Firma und ist jetzt reich und unabhängig. Plötzlich verläßt er Paris und zieht in ein schwedisches Dorf. Fast ein Jahr lebt er dort, ohne Kontakt zu irgend jemandem. In der Neujahrsnacht 1932, allein, irgendwo in eisglänzender Dunkelheit, versucht er, sich zu erschießen. Eine halbe Stunde lang hält er sich eine Pistole an den Kopf, dann drückt er ab: – ein trauriges Klicken: Ladehemmung. In dieser Nacht verbrennt er seine Tagebücher und beginnt zu schreiben. Ende 1933 geht er zurück nach Paris, in seinem Gepäck liegt das Manuskript des ersten Teils von *Unter der Sonne*.

Kapitel IV: »Excusez-moi!« Was? Kramer sah auf; sein Nachbar war aufgestanden und wollte vorbei. Langsam und mit zusammengepreßten Zähnen drehte Kramer sich im Sitz zur Seite, um Platz zu machen. Da bremste der Zug, der Mann verlor das Gleichgewicht, sein Ellenbogen schlug gegen Kramers Kopf. »Pardon.« Er watschelte zur Tür und stieg aus. Auf dem Bahnsteig leuchtete noch einmal sein Unterhemd auf, dann war er verschwunden. Kramer hielt sich den Kopf und starrte auf das fettige Wurstpapier vor seinen Füßen. Ein Ruck, der Zug fuhr an, und es glitt unter den Sitz. Kapitel IV.

Eine dreijährige Reise durch Afrika. Moskitos, Tsetsefliegen, grüngesprenkelte Schlangen; in der feuchten Hitze brüten Wahnsinn und Tod. Verwesende Tiere am Wegrand, verwesende Menschen auf den Feldern, nachts die Geräusche der vielstimmigen Wildnis. Dunkle, haarige Spinnen auf braunen Baumstämmen; eine große, hellfunkelnde Hölle. Er kehrt zurück nach Europa, der erste Teil von *Unter der Sonne* ist fertig.

Kaum jemand nimmt ihn zur Kenntnis, nur ein paar Schriftsteller. Lobende Worte von Thomas Mann, ablehnende von Döblin, und Joyce schreibt einen anerkennenden Brief. Bonvards berühmte Antwort, eine seiner ganz seltenen theoretischen Äußerungen: »I do not think, Sir, that we can create life out of words; we can only try to reshape its senseless and cruel beauty.« Er heiratet seine Sekretärin, zieht mit ihr nach Lausanne und beginnt die Arbeit am zweiten Teil. Fotos: Bonvard lachend mit seiner jungen Frau im Arm, Bonvard an einem riesigen Schreibtisch, Bonvard mit Tropenhelm. Da fängt der Krieg an.

Er unterbricht sein Hauptwerk für die Romane *Die Kathedralen zu Rom* und *Verfall*. 1943 reist er nach Paris, bloß um sich umzusehen, wie er sagt. Viele Jahre später wird man ihm das vorwerfen. Die ersten Farbbilder zeigen ihn athletisch, elegant und lebhaft. 1945 übersiedelt er nach New York, seine Ehe wird geschieden. 1950 erscheint der zweite Teil von *Unter der Sonne*.

In Kramers Geburtsjahr. Der plötzliche Weltruhm Bonvards ging an Kramer, dem Sohn eines Bankbeamten in einer mäßig zerbombten deutschen Stadt, wie an seinen Eltern wie an allen um ihn vorbei. Ebenso wie Bonvards erste Interviews, die auch seine letzten blieben: eisiger Spott ausgeschüttet über hilflose Journalisten. Und natürlich auch die Presseberichte über Bonvards zweite Ehe und ihr schnelles Ende, über seine einjährige Chinareise und über den großen Eklat bei der Ablehnung des Nobelpreises. (»Solche Ehrungen der Mittelmäßigkeit benötige ich weder künstlerisch noch finanziell.«) Mit etwa zehn Jahren hatte Kramer zum ersten Mal Bonvards Namen gelesen; und zwar, das wußte er noch, in einer Zeitungsnotiz über dessen Übersiedelung nach Oury-sur-Mer. Und darunter war das schlechte Schwarzweißfoto einer weitläufigen Villa abgedruckt gewesen, umringt von verschwommenen Palmen und mit einer auf ein dunkelgraues Meer hinausgestreckten Steinterrasse.

Der Zug bremste, und plötzlich warf die Bahnhofshalle ihren Schatten herein. Langsam, majestätisch zogen ein Imbißstand und ein Kiosk vorbei. Und ein blaues Schild mit weißer Schrift: *Oury-sur-Mer*. Kramer klappte das Buch zu, schob es in die Tasche. Die Kamera noch da? Gut. Er stemmte sich gegen die Sitzlehnen: Die Qual des Aufstehens begann.

Schon im Zug war es heiß gewesen, draußen war es schlimmer. Kramer stand eine Weile still, um sich daran zu gewöhnen. Vor ihm die Tafel. Der berühmte Ortsname, berühmt aus einem einzigen Grund. Ein alter Gepäckträger zerrte einen Metallwagen vorbei. Ob er ihn wohl noch ...? Ja natürlich, die meisten hier müssen ihn noch gekannt haben, zumindest gesehen. Wenn man fragen könnte! Aber Kramer sprach ja kaum Französisch. Und so verschwand der Träger und nahm sein Wissen mit sich.

Als Kramer zum ersten Mal *Unter der Sonne* gelesen hatte, war er fünfzehn gewesen. Es war sein größtes Erlebnis und blieb es auch. Die Welt verwandelte sich. Wiesen, Bäume und Himmel, aber auch Autos, Straßen und die klotzigen Betonbauten an ihrem Rand überzogen sich mit Farben. Die Menschen, auch die langweiligsten und blassesten, zeigten sich auf einmal als

undurchschaubare Wesen. Und durch abgenutzte Wort-
fügungen schimmerten plötzlich Musik und Licht. Mit
achtzehn hatte er alles von Bonvard gelesen. Ein Jahr
später begann er sein Studium, und der dritte und letzte Teil von *Unter der Sonne* erschien.

Die Wirkung war ungeheuer. Bonvards Meisterschaft
hatte ihren Gipfel erreicht. Seine Sätze schienen aus der
Sprache noch ungesehene Blitze und Leuchterschei-
nungen zu schlagen. Die Trilogie wurde bald als eines
der größten Werke des Jahrhunderts bezeichnet, und
Kramer erlebte zwei begeisternde Wochen; als er fertig
war, fing er von vorne an. Ein Fernsehteam überrasch-
te Bonvard auf einem Spaziergang mit der Schauspielerin, die die Hauptrolle in der Verfilmung von *Verfall*
gespielt hatte. Kurz darauf heirateten sie.

Vor dem Bahnhof ein Parkplatz voller gleißender
Limousinen. In der Mitte eine Tafel mit einem Plan der
Stadt; ein roter Pfeil: *Vous êtes ici*. Und schräg darüber
eine Fläche, bedeckt mit kleinen Kreuzen. Kramer sah
sich um und versuchte, seinen inneren Kompaß (falls er
so etwas hatte, falls irgendwer so etwas hatte) nach dem
der Karte auszurichten. Das Meer ist dort, da der Bahnhof, also muß ich ... – Ja richtig, dorthin.

Über eine Kreuzung (Vorsicht, da entlang), vorbei an
zwei neugebauten Häusern, durch einen Steindurch-
gang, und da war: – das Ufer. Eine leuchtende, blaue
Ebene, die in der Ferne in den Himmel überging. Es roch
nach Tang. Die Schreie der Möwen, Menschenstimmen
und das Schlürfgeräusch der Wellen. Ein riesiges Hotel
im *Belle-Époque*-Stil, über dessen Fassade gelbe Jalou-
sien flossen, dahinter Villen, Balkone, Terrassen und
Marmorsäulen. Über den Asphalt tapsten Vögel mit

wackelnden Hälsen, im Wasser zogen zwei Schwäne vorbei. Kramer stand starr, für einen Moment wurde die Wirklichkeit leicht, fast wie ein Traum. Eine berühmte Passage aus *Unter der Sonne* beschrieb diesen Ort; Kramer kannte sie auswendig. Benommen machte er einen Schritt vorwärts und spürte, wie er in etwas Weiches trat. Ein schwarzer, schmieriger Klumpen Hundedreck klebte an seinem Schuh, und plötzlich war da nur noch eine stechende Sonne, Hitze, ein zu bevölkerter Gehweg am Meer. Und nirgends eine Kante, um das Zeug abzukratzen.

Seinen ersten Brief an Bonvard hatte er mit achtzehn geschrieben. Um jemandem, dem er soviel schuldete, seine Verehrung und seinen Dank auszusprechen. So begründete er es. Aber in Wahrheit gab es noch etwas: Die Stadt, in der er lebte, war grau, und genauso grau waren Kramers Familie und alle Leute, die er kannte. Überall lag das Land der Alltäglichkeit, man ging arbeiten, kam heim und sprach über Autos, Politik und das Essen. Seine Schulkollegen zerlegten Motorräder, rauchten Zigaretten, erst heimlich, dann offen, und interessierten sich für Fußballergebnisse. Man konnte vieles werden und tun, nichts davon war wünschenswert.

Aber das war nicht alles. Es gab irgendwo eine Welt voll Reichtum und Schönheit, in der Bonvard lebte und seine strahlende Kunst schuf. Zwischen ihr und Kramers Umgebung war nichts Gemeinsames; kein Weg führte hinüber. Oder? Der Brief konnte für einen kurzen Moment eine Verbindung herstellen; der Gedanke, daß Bonvard ihn in der Hand halten würde und daß seine, Kramers, Worte durch den Geist ziehen würden, der *Unter der Sonne* hervorgebracht hatte, war seltsam berauschend. Sogar dann, wenn keine Antwort kam. Und trotzdem, natürlich, dachte Kramer an nichts so oft wie an diese Antwort, und noch viele Monate später wartete er. Sie kam nie. Später, aus Bahrings Biographie, erfuhr er, daß Bonvard einen Sekretär beschäftigte, der die ankommende Post durchsah und alles Unwichtige aussortierte. Und dieser Brief, an dem Kramer einen Monat lang fast jede Nacht gearbeitet hatte, war unwichtig. Bonvard hatte ihn nicht einmal zu Gesicht bekommen.

Muß ich jetzt hier abbiegen, oder erst dort hinten? Ein steiler Kopfsteinweg kletterte zwischen zwei Hausmauern einen Hügel hinauf. Kramer versuchte, sich die Karte ins Gedächtnis zu rufen, aber sie erschien nur verzerrt und bedeckt mit unscharfen Flecken. Am besten fragen! Er sammelte seine Entschlossenheit und trat einem Passanten in den Weg. »Excusez-moi!«

Ein älterer Herr mit Spazierstock und weißem Hut; er sah mit hochgezogenen Augenbrauen auf Kramer herab. »Oui, Monsieur?«

»Je ... Je cherche le cimetière ...«

»Le cimetière!« Der Mann lächelte erstaunt, blickte auf Kramers Aktentasche und sagte etwas, das vermutlich ein Scherz war; Kramer lächelte höflich. Dann hob er den Stock, zeichnete eine Kurve in die Luft, die wohl den Verlauf des Weges darstellen sollte, und rollte ein verwirrendes Gewebe von »à gauche«, »à droite« und »en face« aus. Nach ein paar Sätzen gab Kramer es auf, nickte stumm und wartete, daß es zu Ende ging.

»Avez-vous compris?«

»Oui, oui, merci beaucoup!« Warum war er nur in Französisch immer so schlecht gewesen? Und hatte es nie nachgeholt?

»Bien. Bonne journée, Monsieur!« Mit großen, zufriedenen Schritten zog der Mann davon. Kramer sah ihm traurig nach, dann beschloß er, rechts abzubiegen. Der Weg ging steil aufwärts, bei jedem Schritt tat sein Rücken weh. Aber wenigstens war hier Schatten.

Vier Jahre später hatte er den zweiten Brief geschrieben, diesmal in einem bemüht kühlen, sachlichen Ton. Aber wieder hatte er drei Wochen gearbeitet, um ihn zu entwerfen, und zweimal das schon frankierte Kuvert wieder aufgerissen, um noch etwas zu ändern. Es ging um seine Diplomarbeit: *Symbole und Verweise im Werk Henri Bonvards.* Ob er wohl Herrn Bonvard aufsuchen dürfe, um einige Fragen ...

Der Versuch war absurd. Es war bekannt, was Bonvard von Kramers Zunft hielt. Fragen von Reportern beantwortete er von Zeit zu Zeit schriftlich – die von Literaturwissenschaftlern nie. Einmal hatte er den Namen einer renommierten Professorin, Ilsa Tronckhenfuss, verwendet, die eine umfangreiche Studie über ihn geschrieben hatte. In seinem einzigen Theaterstück, *Der siebente Weg,* trat eine Nebenfigur mit der Bezeichnung »Tronckhenfuss, eine parasitäre Dozentin« auf. Das Peinliche aber war eine beschreibende Regiebemerkung: »kleingewachsen, trägt zu weite Strickpullover, lispelt beim Sprechen«. Und das, obwohl Bonvard Frau Professor Tronckhenfuss nachweislich nie gesehen hatte, stimmte genau. Es gab einen kleinen Skandal, die Betroffene überlegte eine Klage, entschied sich schließlich aber dagegen. Trotzdem hoffte Kramer auf ein Wunder.

Das nicht eintraf. Die Universität war voll von Leuten, würdevollen älteren und bissig dreinschauenden jungen, die Aufsätze verfaßten und in ernstem, knorrigem Ton allerlei Dinge von der *Literatur* forderten, ein Wort, das in ihrem Mund eine Färbung von Langweiligkeit, etwas eigenartig Sandkuchen- und Knäckebrothaftes annahm. Eine stickige Atmosphäre zog sich um Kramer zusammen; er ertappte sich dabei, wie er *Literatur* im gleichen Tonfall wie die anderen aussprach, und hörte sich von Intertextualität und Diskursbezügen reden. Ein Wort von Bonvard wäre genug gewesen, um die Nebel aufzulösen, ein einziges Zeichen von der anderen, hellen Seite des Lebens. Das Zeichen kam nicht. Kramer beendete sein Studium, und ihm wurde eine Assistentenstelle angeboten. Immerhin etwas, um davon zu leben, und was sollte man auch sonst tun? Also nahm er an.

Er hörte sich schwer atmen und blieb stehen. Der Aufstieg war anstrengender, als er erwartet hatte. Sein Puls beruhigte sich, er ging weiter. Oben – endlich! – war eine großartige Aussicht über die Dächer und weit hinaus auf das Meer. Irgendwo da unten mußte Bonvards Villa liegen. Aber man konnte sie nicht sehen; zum Schutz vor allen Neugierigen waren schon vor Jahren Mauern mit Stacheldraht und hohe Hecken aufgerichtet worden. Es war überflüssig, danach zu suchen. Wo ging es jetzt weiter? Geradeaus ...? Ja, wahrscheinlich. Mit der Entfernung vom Meer war die Hitze schlimmer geworden, kleine Wassertropfen rannen über seine Stirn und seinen Hals; sein Hemd war feucht, die Hose klebte ihm an den Beinen. Er suchte nach seinem Taschentuch und wischte sich das Gesicht ab. Also gut, geradeaus.

Nach einiger Zeit sah er auf die Uhr. Er ging schon fast zwanzig Minuten an dieser Straße entlang, ohne daß irgend etwas sich veränderte. Die gleichen würde-vollen Häuser, die gleichen dunkelgrünen, spitzen Bäume und die gleiche Sonne. Kein Auto, kein Mensch. Auf allem lag eine silbrige Stille.

Da! Ein Mann. Eine krumme Figur mitten auf der Straße, die in ruhigen Pendelbewegungen einen Besen schwang. Als Kramer sich näherte, hörte er auf und sah ihm ausdruckslos entgegen.

»Je cherche le cimetière.«

»Le cimetière? Mais il est là!« Und eine dürre Hand, braun mit schwarzumrahmten Fingernägeln, hob sich und zeigte in die Richtung, aus der Kramer gekommen war.

»Là? Mais c'est impossible, quelqu'un ... Do you speak English? A man told me that it must be this direction and ...«

»Cette direction.« Die Hand blieb ausgestreckt. Kramer wollte noch einen Einwand versuchen, dann sah er, daß es aussichtslos war. Und schließlich mußte ein Straßen-kehrer sich hier doch auskennen. Also die andere Rich-tung. Zurück.

Seine Diplomarbeit hatte er zwar auch an Bonvard abgeschickt, aber ohne (oder wenigstens fast ohne) Hoff-nung, daß er sie lesen würde. Bonvards Name war gera-de durch die Schlagzeilen gegangen, weil er seine Frau, die Schauspielerin, aus einem Fenster im zweiten Stock geworfen hatte. Zwar lag direkt darunter der Swimming-pool, und sie blieb unverletzt, aber sie reichte sofort die Scheidung ein. Bonvard übertrug die Angelegenheit sei-nem Anwalt und reiste mit unbekanntem Zielort ab. Nicht zuletzt deswegen war *Der siebente Weg* kurz ein enormer Erfolg, um nach ein paar Monaten wieder von den Spielplänen zu verschwinden. Als Bonvard ein Jahr später aus der Mandschurei zurückkam, begleitete ihn eine junge Chinesin, seine vierte Ehefrau. Und ein neuer Roman: *Die Hyperbeln.*

Er erregte Befremden. Es war ein verschlungenes und sehr künstliches Gebilde voller Rätsel, Spiegelungen und seltsamer mathematischer Beziehungen. Er verkaufte sich schlecht; böswillige Kritiker nannten ihn einen Beweis für Bonvards nachlassende Kraft, wohlgesinnte das schwierige Alterswerk eines Meisters. Kramer machte sich für seine Dissertation daran, ihn zu erforschen. Als er fertig war, schickte er Bonvard zwar wieder ein Exemplar, aber ohne irgendwelche Erwartungen mehr. Kurz darauf begleitete er Professor Ebelweg, seinen Vorgesetzten, zu einem Symposion nach London. Er schlug die *Times* auf und entdeckte dort die Nachricht, daß Bonvard gerade in der Stadt war. Am Nachmittag ging er spazieren, schlenderte an roten Bussen und behelmten Polizisten vorbei und stand plötzlich vor einem Gebäude mit den geschwungenen Buchstaben *The Ritz* über dem Eingang. Hier wohnte Bonvard! Bis zum Abend saß Kramer in einem Lokal auf der anderen Straßenseite und wartete, daß Bonvard auftauchte, auf dem Weg hinaus oder hinein. Die Sonne lag auf der Fassade des Hotels und färbte sie langsam rot. Schließlich ging Kramer, er hatte noch zu arbeiten. Bonvard war nicht vorbeigekommen.

Später bearbeitete er seine Dissertation für den Druck im Universitätsverlag. Das Buch erschien, eine scharfsinnige, genaue und detailreiche Analyse. Als kurz darauf Hans Bahrings große, in alle Weltsprachen übersetzte Biographie herauskam, schlug Kramer noch in der

Buchhandlung, zwischen zwei bunten Bestsellerstapeln, das Literaturverzeichnis im Anhang auf. Sieben Seiten, eng bedruckt mit Titeln. Und sein Buch – oder ...? nein, er hatte es nicht übersehen – war nicht dabei. An diesem Tag ließ er sein Seminar ausfallen und entwarf einen geharnischten Brief an Bahring, den er nie abschickte.

Hans Bahring war eine Art Kollege von ihm, aber kein wirklich gleichrangiger. Er hatte irgend etwas anderes studiert, später bei einer Zeitung gearbeitet und ein erfolgreiches, aber völlig unwissenschaftliches Werk über Goethe geschrieben. Kramer hatte ihn einmal auf einem Kongreß gesehen, wo Bahring einen Vortrag über Bonvard gehalten hatte. Sogar den Hauptvortrag. Denn trotz allem war Bahring der wichtigste Bonvard-Kenner der Welt.

Keiner wußte genau, wie er es geschafft hatte; es gab nur Gerüchte. Angeblich war Bahring Bonvard in einen verschneiten Schweizer Bergort nachgereist. Dort hatte er ihn eine Weile beschattet und schließlich den Mann bestochen, der die Seilbahn bediente, von der Bonvard sich täglich auf den Gletscher tragen ließ. Eines Morgens war er dann zu Bonvard in eine der kleinen roten Gondeln gestiegen, und der Liftwart hatte die Anlage kurz darauf angehalten. Dreißig Minuten lang schwebte Bahring zusammengesperrt mit Bonvard in der kalten, schneehellen Luft. Als sie schließlich oben ankamen, blutete Bahring im Gesicht und mußte sofort hinunter und zu einem Zahnarzt. Am selben Abend noch rief Bonvard bei ihm an, entschuldigte sich und lud ihn zum Abendessen ein. Und schon am Ende der Woche war Bahring Bonvards offizieller Biograph.

Ein paar Monate lang durfte er dann in Bonvards Villa wohnen, um Dokumente, Briefe und unveröffentlichte Notizen durchzusehen. Und natürlich für viele Gespräche, die er aufzeichnete und später veröffentlichte. Als die Biographie schon erschienen war, begleitete er das Ehepaar Bonvard auf einer Reise durch Ägypten und Nordafrika. Ein unangenehmer Kerl: klein, schwarzhaarig, mit Schnurrbart und der lästigen Gewohnheit, ununterbrochen an seiner Brille zu rücken. Womit konnte er Bonvard nur beeindruckt haben? Auf dem Kongreß hatte Kramer zugehört, wie Bahrings Stimme arrogant lispelnd Schritt für Schritt am Konzept seines Vortrags entlanggeklettert war. Der Vortrag war mittelmäßig, Bahring unsympathisch.

Und die Jahre vergingen, gleichmäßig und leer wie Novembertage. Die Bibliothek, die Seminare, Diskussionen über die Theorie der Metrik, Abschlußarbeiten voller Fehler, die auf Korrektur warteten, manchmal ein Glas Wein mit den Kollegen. Eine Zeitlang lebte er mit einer von ihnen zusammen, fünf Jahre älter als er und eine Expertin für Adalbert Stifter. Dann verließ sie ihn wegen eines Soziologen, und er war wieder allein. Professoren wurden emeritiert und neue kamen, die Vorlesungen blieben sich gleich. Mittlerweile war er fast vierzig.

Und Bonvard wurde achtzig. Im Fernsehen sah man ihn, aufgenommen von weitem mit einem Teleobjektiv, langsam und sehr aufrecht die Uferpromenade von Oury entlanggehen, eine Hand auf dem Rücken, in der anderen einen dicken braunen Stock. Sein letztes Buch erschien, eine Sammlung kurzer Skizzen, Beschreibungen alltäglicher Dinge in einer einfachen, hellen Welt.

Dann hatte er ein Gespräch mit seinem Arzt, und der schilderte ihm in allen Einzelheiten den Verlauf einer Krankheit, die von einfachen Anfängen schnell und direkt in eine Vorhölle aus Übelkeit und Schmerzen führt. Bald darauf schickte Bonvard seine Frau auf eine Ferienreise an einen weit entfernten Strand. Inzwischen hatte er gelernt, mit Waffen umzugehen, eine Ladehemmung würde es nicht mehr geben. Am nächsten Abend gab er den Dienstboten frei, und dann, auf seiner Dachterrasse unter einem hohen, schwarzen Himmel, schoß er sich eine Kugel in den Kopf. Die Nachrufe waren lang und respektvoll.

Auch Kramer schrieb einen, und zwar für die Zeitschrift der geisteswissenschaftlichen Fakultät. Er beschrieb Bonvards Verdienste und auch dessen beeindruckende, aber schwierige Persönlichkeit. Und zuletzt erwähnte er verständnisvoll, aber doch auch mißbilligend den Entschluß der Witwe, Bonvards Abschiedsbrief nicht zu veröffentlichen. Der größte Teil des Nachrufs bestand aus Zitaten aus der Habilitationsschrift, an der Kramer gerade arbeitete.

Inzwischen war sie fertig, und er war Dozent. Und in ein paar Wochen würde sie auch als Buch erscheinen, in einem kleinen, anspruchsvollen Verlag in niedriger Auflage. Es war eine umfangreiche Arbeit über Bonvards Gesamtwerk; Kramer hatte es noch einmal vollständig durchgelesen und die alte Magie erfahren, dieselbe unveränderte Schönheit und Macht. Er hatte es wieder gespürt: Bonvard war die stärkste Kraft, die auf sein Leben gewirkt hatte. Es war schwer gewesen, die Arbeit nicht zu einer reinen Huldigung werden zu lassen. Aber man muß sich zusammennehmen.

Und dann war die Frage nach dem Titelbild aufgetaucht. War es seine Idee gewesen oder die des Lektors? Egal, sie hatte ihnen beiden gefallen: Bonvards Grab. Symbol des Gedenkens, wie auch dafür, daß Bonvard und sein Werk der Vergangenheit angehörten. Mochte sein, daß das ein wenig nach einer polemischen Spitze aussah; – aber umso besser, so etwas kommt an. Dann hatte sich etwas Seltsames herausgestellt: Ein Foto von Bonvards Grab war nicht aufzutreiben, in keinem Buch und in keinem Archiv. Und das, obwohl er schon seit mehreren Jahren tot war. Sie hatten den Plan bereits aufgegeben, da kam der Zufall zu Hilfe. Professor Ebelweg wurde zu einem Kongreß nach Paris eingeladen und nahm seinen Assistenten mit. Es sind, hatte der Lektor gesagt, doch nur ein paar Stunden nach Oury, warum fährst du nicht selbst hin und fotografierst es?

Der Gedanke, an Bonvards Grab zu stehen, war merkwürdig erregend. Zuletzt also doch. Dort war Bonvard, er selbst, wenn auch in einer Form, die man sich lieber nicht genau vorstellte. Aber er würde Kramer nicht mehr von sich fernhalten können. Ja, in gewisser Weise war es ein Sieg. Er würde dort sein und sein Foto machen, und niemand würde ihn daran hindern. Dort, wo Bonvards großes und schöpferisches Leben seinen Endpunkt gefunden hatte. Also doch. Zuletzt also doch.

Und da, plötzlich, blitzte eine Stahlspitze auf: der Kirchturm. Kramer ging schneller, obwohl der Schmerz in seinem Rücken langsam und bösartig an seinem Hals hinauf und in die Schläfen kroch. Der Schweiß rann ihm über das Gesicht, und immer wieder mußte er sich Stirn und Augen abwischen, weil die Feuchtigkeit ihm die Lider verklebte. Er hatte sich schon mehrmals für ein

paar Minuten hingesetzt, zweimal auf Bänke, einmal
sogar auf den Asphaltboden. Und der Durst würde bald
unerträglich sein. Konnte man hier nirgendwo etwas zu
trinken kaufen? Aber da waren nur Villen, Bäume, Sauberkeit und die unerreichbare Kühle des Himmels. Nur
einmal war er anderen Fußgängern begegnet, einem
Mann und einer Frau, beide jung, schön angezogen und
unberührt von der Hitze. Aus den Gärten hinter den
Hecken kamen manchmal Stimmen und Wasserplät-
schern. Und nirgends Schatten. Aber jetzt war er wohl
am Ziel. Der Friedhof mußte bei der Kirche sein.

War er auch. Ein hoher Metallzaun mit Speerspitzen
darauf. Dahinter, aufgereiht zu einer stummen Parade,
Steine und Kreuze. Hoffentlich ist nicht zugesperrt ...
Nein – das Tor öffnete sich, leicht und ohne Quietschen.

Auf einer Bank saß, ohne sich zu rühren, eine alte
Frau, und in der Nähe stand ein Mann mit einer Harke
und lockerte pfeifend die Erde auf einem frischen Grab.
Einen Moment lang kam Kramer die Melodie bekannt
vor, dann entglitt ihm die Erinnerung, und sie klang
wieder fremd. Sonst war es still; als er durch die Grab-
reihen ging, knirschte der Kies, und eine Eidechse, die
sich auf einem warmen Stein gesonnt hatte, huschte
erschrocken davon. In der Ferne funkelte das Meer.

Da, in dieser Sektion mußte es sein. Ein Pappschild:
1985-90. Jetzt langsam. Genau hinsehen! Grabsteine
aus glänzendem Marmor und aus mattem Granit, Kreuze aus Holz und weißem Stein, die älteren bewachsen mit
Moos und grauen Flechten. Und die Aufschriften. Namen
und Namen, alle einmal getragen und mit Leben gefüllt;
jetzt nur noch Laute, leere Folgen von Buchstaben,
ungelesen, ohne Bedeutung. Ist es hier? Nein. Das könn-

te es ... – auch nicht. Vielleicht dort ...? Nein, das nicht. Die Gräberreihen vor ihm wurden weniger und weniger, dann blieben nur noch vier Gräber, drei, zwei ... Dann muß es wohl das hier ... Er entzifferte den Namen ...

Es war nicht Bonvard.

Wie war das möglich? Er hatte es sicher nicht übersehen. Vielleicht lag Bonvard in einer anderen Sektion oder an einer besonderen Stelle, vielleicht in einem Ehrengrab. Aber wie konnte er das herausfinden? Er seufzte. Der Mann mit der Harke stand nur ein paar Meter von ihm entfernt.

»Excusez-moi!«

Der Gärtner drehte sich um. Ein knochiges Gesicht, halbverdeckt vom Schirm einer grünen Kappe.

»Excusez-moi! Je ... Je cherche ... Où est Henri Bonvard?«

Zwei Augen blickten ihn rund und verständnislos an, eine lange Sekunde verging, dann, plötzlich, verengten sie sich, ein Lächeln glitt über das Gesicht, und mit einer schnellen Bewegung richtete er sich auf und nahm die Kappe ab. »L'écrivain?«

Kramer nickte überrascht.

»Mais oui, Monsieur Bonvard, je l'ai très bien connu, il était un homme très gentil et poli, et il causait souvent avec moi ... Mais il n'est pas ici. Vous le trouvez à Ville Bleue.«

Ville Bleue ...? Ach ja, ein Vorort von Oury, der Zug war durchgefahren, nur ein paar Häuser. Und dort sollte Bonvard liegen?

»C'est un beau cimetière, et le tombeau de Monsieur Bonvard, c'est très grand et cher, un pierre avec une petite statue d'or ...« Er sprach schnell und eifrig, er war glücklich, Auskunft geben zu können. Kramer verstand fast nichts, aber das Wesentliche hatte er mitbekommen: Bonvard war in Ville Bleue. Nicht hier.

Er murmelte ein »Merci bien«, drehte sich um und ging davon. Hinter ihm redete der Gärtner weiter; als Kramer schon durch das Tor hinaus war, folgte ihm noch immer seine Stimme. Also auch der hatte Bonvard gekannt, *un homme très gentil et poli.* Er gähnte, er fühlte sich sehr schwach. Es war schon früher Nachmittag, er hatte noch eine fünfstündige Rückfahrt vor sich, denn er mußte heute abend rechtzeitig zu Ebelwegs Vortrag in Paris sein. Morgen mittag war dann eine Podiumsdiskussion, morgen abend fuhren sie wieder nach Hause. Er mußte Bonvards Grab heute noch finden, und zwar schnell. Also zum Bahnhof!

Der Rückweg war lang. Die Hitze schien von Minute zu Minute schlimmer, zum Hexenschuß kam ein pochender Schmerz im Kopf. Die Sonne war fürchterlich grell, und er hatte keine Sonnenbrille dabei. Einmal schwankte der Boden, Kramer lehnte sich an einen Zaun, schloß die Augen und wartete, daß es vorbeiging. Er versuchte, tief einzuatmen, aber da war kaum Luft, nur eine heiße, träge Masse. Nach einer Weile fühlte er sich besser. Eine Möwe landete vor ihm und sah hilflos zu ihm auf, dann erkannte sie das Meer, lachte und flatterte davon.

Endlich. Ein Geschäft und davor eine Coca-Cola-Fahne. Er kaufte eine Dose, fingerte hilflos am Verschluß, schließlich hatte er sie offen und trank. Für einen Augenblick fühlte er sich leer und glücklich.

Und da war schon der Bahnhof. *Les départs:* Der Lokalzug ging in fünfzehn Minuten, Ankunft in Ville

Bleue zehn Minuten später. Kramer sah besorgt auf die Uhr; doch, er konnte es schon schaffen, am Abend wieder in Paris zu sein. Vom Bahnsteig aus sah man direkt über Palmenwipfel auf das Wasser. Eine Gruppe von Kindern schwamm kreischend vorbei, ein exotisch schillernder Schwimmvogel beobachtete sie interessiert aus sicherer Entfernung. Auf dem Bahnsteig gegenüber las eine Frau eine arabische Zeitung, auf der sich schwarze Zeichen ineinander verknoteten.

Da kam der Zug. Kramer stieg ein, und sofort, noch bevor er sich hingesetzt hatte, fuhr er an, als wäre es ein Privatzug nur für ihn. Und wirklich, das Abteil war leer. Das Licht strich freundlich über die hellblaue Polsterung der Sitze. Und die Klimaanlage funktionierte.

Der Schaffner war lang und dünn und grüßte höflich. Kramer lächelte ihm zu. »Un billet pour Ville Bleue, aller et retour, s'il vous plaît.«

Der Schaffner blickte sorgenvoll auf ihn herunter und schüttelte den Kopf. »Ville Bleue? Mais ce train ne s'arrête pas à Ville Bleue.«

»Pardon?«

»C'est le train rapide pour Paris. Pas le train régional.«

Paris? Nach Paris! Der Schreck traf ihn wie ein heißer elektrischer Schlag. Das war der Zug für seinen Rückweg. Der falsche Zug!

Und jetzt? Von der nächsten Station zurück nach Oury? Unmöglich, dann mußte er dort eine Stunde warten, und dafür hatte er keine Zeit mehr. Die Notbremse schob sich in seinen Blick, das kleine Kästchen mit dem roten Griff, einfach ziehen und ... – Nein, das war unmöglich. Er sah am Schaffner hinauf und wußte, daß er das nicht wagen würde.

Eine Gruppe von Häusern zog vorbei, ein Bahnhof, ein Schild leuchtete auf: *Ville Bl...*, wieder Häuser, eine kleine Kirche, dann nichts mehr. Palmen, Pinien, das Meer. Plötzlich war er nur noch müde. Es war vorbei. Bonvard hatte gewonnen. Wieder einmal. Er dachte daran, wie das Leben verging, an seine zwei Bücher, die keinen interessierten, und an die Zeit, die er in Seminarräumen verbrachte. Und andere lebten in Villen, schufen Meisterwerke und wurden von der Welt geliebt. Jetzt wußte er es: Er würde nie auf der hellen Seite des Lebens stehen. Hundedreck auf der Uferpromenade, Hitze, Rückenschmerzen. Die Schönheit war für andere, nicht für ihn. Es gab keinen Weg.

Der Schaffner kratzte sich verlegen am Kopf. Er mußte die Fahrkarte verlangen, aber er brachte es nicht fertig; leise drehte er sich um und ging davon, vorsichtig und mit kleinen Schritten, als hätte er Angst, irgendwo anzustoßen. So eine Situation war neu, und auch die Dienstvorschriften waren keine Hilfe. Sie sagten nichts darüber, wie man mit weinenden Fahrgästen umgehen sollte. Behutsam schloß er die Abteiltür hinter sich.

Die Sonne verschwamm zu einer Wolke aus stechendem Licht; Kramer schloß geblendet die Augen. Nach einiger Zeit konnte er aufhören zu schluchzen. Unter ihm schlugen die Räder ihren Takt, und von der Lokomotive wehte ein hoher, trauriger Pfiff herüber. Das Land flackerte in Schönheit. Und der Ozean strahlte.

AUFLÖSUNG

Nach der Schule versuchte er es mit verschiedenen Berufen, aber nichts wollte ihm so recht passen. Eine Zeitlang machte er die Kleinarbeit in einem Bürokomplex – Papiere sortieren, Briefmarken kleben, stempeln; – aber wem gefällt so etwas schon? Dann nahm er eine Stelle in einer Autowerkstatt an. Zuerst ging es ganz gut, aber dann fand er heraus, daß die tiefe Zuneigung, die seine Kollegen zu den Fahrzeugen hatten, sich in ihm niemals entwickeln würde. So gab er es bald auf und sah sich nach etwas anderem um.

Er war damals ziemlich religiös. Vielleicht war das der Grund, daß er nirgendwo so recht hingehörte. Er ging fast regelmäßig in die Kirche, und einmal las er auch die Bekenntnisse des heiligen Augustinus. Er kam nicht bis zum Ende, aber der seltsame Ton der Sätze, die alle nachhallen, als würden sie im Inneren einer Kathedrale vorgetragen, beeindruckte ihn sehr. Er arbeitete auch in der Pfarre mit, bei der Organisation von Prozessionen, der Vorbereitung von Messen und solchen Dingen, und weil das nicht gerade viele Leute tun, fiel er einigen Herren im Pfarrgemeinderat auf. Einer von ihnen bot ihm eine Stellung an.

Es klang ziemlich interessant: Der Beruf dieses Mannes war es, Kongresse zu organisieren, also jedem, der einen veranstalten wollte, dafür einen Saal und Hotelzimmer in der nötigen Zahl zu verschaffen, Mikrofone und Lautsprecher anzuschließen, Bleistifte und Papier einzukaufen und allerlei Dinge bereitzustellen, an die jemand anderer nie gedacht hätte. Nun wollen die Veranstalter von Kongressen üblicherweise alle Reden, Referate und Diskussionen auf Tonband aufgenommen haben, zur Erinnerung, oder wer weiß warum. Und damit das auch sicher funktioniert, muß jemand mit Kopfhörern am Aufnahmegerät sitzen und aufpassen, daß die Aufzeichnung störungsfrei vor sich geht; fällt ein Mikrofon aus, muß er Alarm schlagen, und spricht jemand zu leise, muß er am Empfindlichkeitsregler nachjustieren.

Das machte er nun. Es war weiß Gott nicht schwer, die einzige Anforderung bestand darin, daß er immer zuhören und die kleinen Lichtpunkte, die den Lautstärke- und den Tonhöhenpegel anzeigten, im Auge behalten mußte. Er durfte also nicht weggehen, lesen oder auf irgendeine andere Art geistesabwesend sein, aber es war ihm noch nie schwergefallen, sich zu konzentrieren, und das Gehalt war auch recht gut. Also saß er täglich in irgendeinem Kongreßsaal, ganz hinten an der Wand vor seinem Tisch mit dem Aufnahmeapparat, und hörte zu. Davor die Hinterköpfe der letzten Reihe, die Haare meist grau und spärlich, Hinterköpfe so abgewetzt wie die Kanten der Sessellehnen darunter. Die Leute, die vorne standen und sprachen, waren meist alt und ihre Stimmen hoch und schwach, so daß er ihnen mit dem Verstärker Kraft leihen mußte.

Natürlich verstand er sehr wenig, meist ging es um medizinische oder komplizierte technische Dinge. Aber immer hörte er zu. Aufmerksam und offen.

Er hatte bald begriffen, daß es besser war, nicht zu versuchen, über das, was er gehört hatte, nachzudenken. Es führte zu nichts und weckte in ihm ein unbehagliches Gefühl, als ob er sich in der Nähe von etwas seltsam Boden- und Formlosem bewegte. Und so bemühte er sich, das, was Tag für Tag vor ihm geredet wurde, an sich vorbeifließen zu lassen und allem gegenüber gleichgültig zu bleiben. Und das gelang auch.

Zu Beginn jedenfalls. Er hörte Vorträge über so ziemlich alles. Und er sah, daß es keine Einigkeit gab. Niemals. Wann immer jemand von einer Entdeckung erzählte, folgte ihm ein anderer und erklärte die Entdeckung für Blödsinn. Und nach ihm kam wieder ein dritter und sagte, es sei falsch, die Entdeckung für Blödsinn zu halten, und dann wieder ein anderer, und so ging es weiter, und so war es immer, auf jedem Kongreß, ganz egal, ob es um Zahnheilkunde ging oder um Werbestrategien. Einmal, es war eine Tagung von Philosophen, hörte er, daß vor langer Zeit jemand behauptet hatte, man könne alles bezweifeln, nur nicht, daß man selbst es sei, der zweifle; hierin also liege eine Gewißheit, und zwar die einzige. Aber dann wurde genau diese Idee angegriffen und mit Begriffen, die er nicht kannte, widerlegt. Also auch das nicht.

Ein Stein kann jahrtausendelang daliegen, von Wasser umspült, und doch ein Stein bleiben. Aber wie lang ist die Zeit? Denn einmal wird er ausgehöhlt sein. Er hörte vom unendlichen Raum, der doch nicht unendlich ist, von dem Geheimreich der Zahlen, von der chemischen Bindung und Lösung. Mit all dem füllten sich vor ihm viele Kilometer Magnetband, die keiner jemals wieder anhören würde. So vergingen die Jahre.

An einem Sonntagvormittag ging er im Park spazieren. Es war Frühling, in den fernen Autolärm mischten sich Vogelstimmen und das Quieken kleiner Kinder im Sandkasten. Die Bäume ließen ihre weißen Blüten aufstrahlen; ein schwacher Wind wehte. Plötzlich blieb er stehen und setzte sich, sehr erstaunt, auf eine Bank. Er saß lange da, und als er aufstand, wußte er, daß er keinen Glauben mehr hatte. Er ging nach Hause, starr und ein etwas schiefes Lächeln auf dem Gesicht. Daheim weinte er dann.

Sonst ereignete sich wenig. Es hatte für ihn immer festgestanden, daß er einmal heiraten sollte. Irgendwann aber bemerkte er, daß es bald zu spät sein würde. Er kam kaum mehr in Gesellschaft, seine Freunde von früher fanden, daß er ein wenig seltsam geworden war, und neue hatte er nicht. Wenn er sich früher seine Zukunft ausgemalt hatte, war da immer eine Frau gewesen und, etwas verschwommen, auch Kinder. Aber sie war nie aufgetaucht. Jetzt mußte er wohl handeln. – Aber wie? Und überhaupt, seine Fähigkeit zu handeln war mit der Zeit fast verschwunden. Dann fand er zu seiner Überraschung, daß der Gedanke, daß es sie vielleicht niemals geben würde, eigentlich nichts Schmerzliches hatte. Und dann, bald darauf, war es auch wirklich zu spät.

Unterdessen zeichnete er weiter Vorträge auf. Eine eigenartige Verwirrung umspülte ihn, nicht einmal unangenehm, er stand darin und spürte, wie er versank. Es war nicht Zweifel, sondern ein allumfassender Unglaube, eine nirgendwo endende, alles durchdringende, von nichts begrenzte Leere. Nichts war richtig, nichts endgültig, nichts besser oder schlechter als alles andere. Täglich hörte er Leute ihre Meinungen verkünden und andere ihnen widersprechen, und er sah, daß sie nie zu einem Ende kamen. Fanden sie doch eine Einigung, trat sicher ein dritter auf, der ihre Einigung verwarf. Bei alldem hatte er, ganz von selbst und eigentlich gegen seinen Willen, allmählich ein großes Wissen gewonnen. Aber davon hielt er nichts.

Und die Welt um ihn, alles Normale und Alltägliche, die Dinge, mit denen er immer zu tun hatte, an die er anstieß, auf denen er saß, die er berührte und roch, wurden unmerklich andere. Seine Wohnung, Bett und Tisch und der Fernseher, die langen Sitzreihen in den Konferenzsälen, der graue Asphalt der Wege, der Himmel darüber und die Bäume und Häuser – alles hatte an Intensität verloren; die Farben waren matter geworden, es war weniger Glanz darin. Ein feiner Nebel, kaum zu erkennen, hatte sich um all das gelegt, der Nebel eines schläfrigen Novembermorgens.

Der Mann, der ihn damals angestellt hatte, war längst gestorben. Die Geschäfte wurden von dessen Sohn weitergeführt, der sich in nichts Wesentlichem von seinem Vater unterschied, und auch sonst gab es keine Veränderung, die von Bedeutung war. Er machte seine Arbeit, und es war inzwischen offensichtlich, daß er sie für immer machen würde. Morgens war er da, schaltete die Geräte ein, setzte die Kopfhörer auf und hörte zu. Abends ging er heim. Wenn ihn jemand ansprach, antwortete er kurz, manchmal auch gar nicht.

Wenn er frei hatte, ging er durch die Stadt und sah die Menschen an. Sie zogen an seinem Blick vorbei; oft schien ihm, daß sie sich bald auflösen würden oder langsam durchsichtig werden und verschwinden. Aber das geschah nicht, oder jedenfalls zu selten. Und so verlor er auch daran das Interesse.

Er begann, zu spät zu kommen. Nicht aus Faulheit, sondern weil der Zusammenhang zwischen der fließenden Zeit und dem Winkel der Zeigerchen auf seiner Armbanduhr ihm entglitt. Es wurde zunächst toleriert (»...doch schon so lange Mitarbeiter, da kann man doch nicht einfach...«), aber seine Verspätungen wurden häufiger und länger. Und das Schlimmste daran war, daß er nicht nur nicht bereit war, eine Erklärung dafür zu geben oder sich eine auszudenken, sondern daß er gar nicht zu verstehen schien, daß eine Verfehlung vorlag. Das Problem löste sich von selbst: Eines Tages kam er gar nicht mehr. Seine Kündigung, fristgerecht und mit einem sehr höflichen Schreiben des Chefs, kam mit der Post.

Er las sie nie. Er öffnete keine Briefe mehr. Er saß am Fenster und sah hinaus auf den Himmel. Dort zogen Vögel vorbei, deren Farbe sich mit der Jahreszeit änderte. Der Himmel selbst war gewöhnlich grau. Wolken malten Muster auf ihn, morgens rotgezackt und flammend, abends trüb. Im Winter Schnee: Unzählbar die Flocken, lautlos und langsam, ungeheuer weiß. Manchmal, selten, auch hell und blau. Keine Wolken, viel Licht, und die Vögel schienen freundlicher. An diesen Tagen war alles gut.

Dann erfüllte ihn eine eigenartige Heiterkeit. Er spürte: Wären Menschen um ihn, gäbe es einiges, was er ihnen sagen könnte. Aber das ging vorbei. Dann stand er auf und ging einkaufen.

Ja, einkaufen ging er noch. Etwas in ihm zog es noch regelmäßig in das Lebensmittelgeschäft unten an der

Ecke. Dort kaufte er wenig und immer das gleiche. All sein Geld hatte er schon vor Monaten von der Bank geholt, jetzt lag es in seiner Wohnung, ein schmaler Stapel von Banknoten, der stetig kleiner wurde.

Und irgendwann war nichts mehr da. Er zuckte die Achseln und kaufte ohne Geld ein. Eine Zeitlang – ziemlich lange – gab die Besitzerin des Ladens ihm Kredit. Dann nicht mehr.

Eine Frau vom Sozialamt besuchte ihn, geschickt von der Ladenbesitzerin, die sich Sorgen gemacht hatte. Er ließ sie herein, aber er sprach nicht mit ihr. Von da an kam täglich jemand und brachte Essen. Einmal war ein Psychiater dabei; auch dem gab er keine Antwort. Ein Gutachten wurde erstellt, und zwei höfliche Männer holten ihn ab.

Die Anstalt war kalt, weiß und roch nach chemischer Sauberkeit. Manchmal schrie jemand. Das Mondlicht fiel nachts durch das Fenstergitter in dünnen Streifen auf seine Bettdecke. Er war mit drei anderen im Zimmer. Sie waren meist ruhig und rührten sich nicht, aus ihren Augen blickten verkrümmte Seelen. Hin und wieder versuchten zwei von ihnen, sich zu unterhalten, aber sie brachten es nicht fertig; es war, als ob sie in verschiedenen Sprachen redeten; bald gaben sie es auf. Mittags brachte ein Pfleger Tabletten. Draußen stand ein Baum und glänzte in der Sonne, oft regnete es, und Flugzeuge malten Streifen in den Himmel, aber von alldem wußte er nichts. Er ging nicht mehr zum Fenster, sondern sah hinauf zur Decke. Eine weiße Fläche, durchschnitten von einem länglichen Riß. Abends, ehe das Licht eingeschaltet wurde, war sie grau. Morgens gelblich.

Einmal besuchte ihn sein ehemaliger Chef. Aber er reagierte nicht, es war nicht auszumachen, ob er ihn erkannte, ob er ihn überhaupt wahrnahm.

Sein Posten wurde nicht nachbesetzt; es gab inzwischen ein Gerät, das das genausogut machte. Er blieb noch einige Jahre in der Anstalt, dann, plötzlich, hörte er auf zu leben. Sein Körper sah friedlich aus, sein Gesicht unberührt, als wäre es nie in der Welt gewesen. Und sein Bett bekam ein anderer.

PYR

Ich bin verleumdet worden. Man hat Bosheiten über mich verbreitet, gehässige Dinge, Lügen. Die Menschen wurden mit Vorurteilen genährt. Es ist Zeit, daß ich spreche. Sie meinen, Sie kennen mich? Sie haben nicht die leiseste Ahnung!

Natürlich geht es nicht um mich persönlich. Sie wissen meinen Namen nicht und werden ihn – das verspreche ich – auch niemals erfahren. Ihre Unkenntnis umgibt mich, ein schützender Tarnmantel. Ich spreche mit Ihnen (nein: bloß *zu* Ihnen, Sie können mir nicht antworten, gottlob) als Vertreter einer kleinen, erlesenen Gruppe. Ich spreche auch zu den anderen Vertretern dieser Gruppe; ich weiß, daß es sie gibt, aber ich hatte nie das Glück, einem davon zu begegnen. Wir kennen einander nicht, wir leben in aufgezwungener Einsamkeit; es gibt nichts, das uns zueinanderführt; selbst wenn zwei von uns einander treffen, erfahren sie das Entscheidende nicht. Aber ich schreibe nicht, um mich zu beklagen, ganz im Gegenteil. Ich will über mein Glück sprechen, meine Sehnsucht, meine Seligkeit.

Verzeihen Sie mein Pathos. Passiert mir immer wieder. πάϑος, das griechische Wort für: *Leiden*. (Eben noch erschien mir das bedeutend, aber jetzt bin ich mir nicht mehr ganz sicher. Der Gedanke ist mir entglitten, aus den Händen gerutscht. Wird mir wieder einfallen.) Ich mäßige mich, lege den Bleistift zur Seite, lasse ein paar Sekunden vergehen – wie diese kleinen Zeiteinheiten angefüllt sind mit Leere, mit tickender Leere –, ergreife ihn wieder, schreibe weiter ...

Ich bin verleumdet worden. *Wir* sind verleumdet worden. Doch da ich (wer sagte das noch ...?) das einzige mir bekannte Beispiel für eine Regel bin, die sich nicht angeben läßt, – kann ich bloß von mir sprechen. Also: die Zeit des Bekenntnisses. Und bekennen werde ich, oder einfacher: endlich die Wahrheit sagen, in der Sicherheit meiner Maske, meiner Anonymität. Und mehr noch: Ich bin nicht bloß anonym, sondern geborgen – verborgen – im Anschein der Fiktion. Irgendein Autor wird das hier unter seinem Namen veröffentlichen; es kann nicht ausbleiben, daß man mich für seine Erfindung hält. Eine wenig glaubhafte, leicht überzogene Erfindung. Da ich spreche, verliere ich mich in der Vortäuschung meiner Nichtexistenz; Sie hören mich, als hörten Sie niemanden, als wären da Worte, doch kein Sprecher. Ihre Ignoranz schützt mich. Denn (merken Sie es?) selbst daß ich meine Strategie offenlege, bringt Sie nicht dazu, Ihr Vorurteil fallenzulassen. Sie halten auch das für eine literarische Wendung. Und selbst *dieser* Hinweis bringt Sie nicht zum Zweifeln. Nein, daß es mich gibt, ist ganz unmöglich, nicht wahr? Sehen Sie, das meine ich. Ich bin in Sicherheit.

Die Zeit des Bekenntnisses. Ich bin eigentlich ein Mensch wie die meisten. Wäre ich Ihr Nachbar (vielleicht bin ich Ihr Nachbar), fiele ich Ihnen nicht auf. Ich habe einen angesehenen Handwerksberuf, der mir erstaunlich viel Geld einbringt. Ich habe eine häßliche Frau und zwei bestürzend dumme Kinder. Dazu zwei Autos und ein teures, bedrückendes Haus mit mehreren Fenstern, einem schmalen Balkon, einem kleinen Garten mit unkrautverpestetem Rasen und zwei viereckigen Rosenbeeten. Abends komme ich heim, höre mir die Erzählungen der Kinder an, entzünde ein Feuer in unserem spießigen Kamin und ... Wie herrlich die Flammen tanzen, gelb und rot und heiß, und wie sie rascheln, wie zerknitterndes Papier, und knistern, als wollten sie das Haus fressen, vertilgen, endlich vertilgen ... Also, ich entfache das Feuer, folge dem Fernsehprogramm, gehe schlafen, an der Seite meiner schwer atmenden, mich schmähenden, mich verschmähenden, mir angetrauten Frau. Tabletten helfen, führen mich aus kleiner Dunkelheit in die größere. Von den Träumen später.

Am nächsten Morgen erhebe ich mich, trinke Kaffee, mustere die Kinder. In meiner Firma erwarten mich zwei Vorgesetzte und vier Untergebene, kein übles Mengenverhältnis. Ich mag meine Arbeit, ich würde keine andere wollen. Ich erledige ein paar Geschäftsbriefe, dann setze ich mich in eines unserer drei Firmenautos und mache mich auf den Weg. Ich komme viel herum.

Ich werde erwartet. Familien stehen, mit Enkeln und Großeltern, vor den Wohnungs- und Häusertüren meines Weges, meiner harrend. Sie brauchen mich. In ihren Wohnungen stehen stumme Sklaven, die ich, und nur ich, aus feindseligem Schlaf wecken kann. Sie vermuten es schon, ja? Richtig: ich bin der Elektriker.

Firma Börstenmann & Co. Spezialisiert auf Fernseher, Radios, Satellitenantennen. Sie brauchen nicht nach dem Branchenverzeichnis zu suchen, der Name Börstenmann ist natürlich erfunden. Aber in Silbenzahl und Klang entspricht er dem echten. Wir sind ein flo-

rierendes Unternehmen. Und so durchquere ich fremde
Wohnzimmer (ich achte sehr darauf, daß meine Schuhe
immer schmutzig sind, ich hinterlasse gern meine Ab-
drücke auf ihren Teppichen), klettere auf fremde Dächer,
errichte Empfangsantennen für die Ausstrahlungen der
Satelliten, die wie fette Parasiten an der Schwerkraft des
Planeten hängen. Ich sehe mir die Häuser gut an, ich
merke mir die Details. In geeigneten Momenten – es gibt
sie immer – schleiche ich in die Flure, nehme die Haus-
schlüssel, die an immergleichen bunten Bändchen
neben den Türen hängen, und drücke sie zärtlich in eine
weiche Wachskugel. Ich habe schon eine ansehnliche
Sammlung.

Später mache ich Kontrollanrufe. Immer wieder, in
kleinen, regelmäßigen Abständen. Ist mehrmals keiner
zu Hause, erhöhe ich die Häufigkeit. Meldet sich um
Mitternacht, um fünf Uhr morgens, vormittags, nach-
mittags, abends niemand, dann fahre ich los und inspi-
ziere Briefkasten und Mülltonne. Wenn alles überein-
stimmt, alle sicheren Zeichen der Abwesenheit (sie müssen immer verreisen, an stinkende Strände und faulige
Meere), – dann komme ich wieder. In der Nacht. Haben
Sie eigentlich ein Haus, eine Wohnung? Sicher doch.
Dann kennen Sie mich. Ich bin der aus Ihrem Alptraum.

Nicht doch! Nicht der Einbrecher, der maskierte Dieb.
Nein, Sie enttäuschen mich, fällt Ihnen nichts Schlim-
meres ein? Ich komme gegen drei. Sperre die Tür auf,
mache Licht, trete ein. Ich habe einen großen Kanister
Kerosin dabei, ein wenig billigen Sprengstoff, einen einfach gebauten Zeitzünder. Der Kanister wird ausgeleert:
Ich tränke die Teppiche (sie vor allem), die Bettücher,
die Vorhänge, bis alle Fasern vollgesogen sind, fett und

satt. Ich übergieße den Fernseher, den ich selbst aufgestellt habe, den Speisetisch aus Ebenholz, den netten antiken Schrank mit dem guten Porzellan. O ihr Teller, grün verziert mit handgemalten Blümchen! Der scharfe, leicht süßliche Zuckergeruch des Brennstoffes. Sein tiefes und zufriedenes Glucksen. Auch die Bücherregale, auch die Schreibtische. Die Küche und das Badezimmer (die Handtücher!). Ich habe Übung, es dauert nie länger als eine Viertelstunde.

Dann bringe ich den Sprengstoff an. Es ist wenig, ich brauche nur eine ganz kleine und zahme Explosion, ein Hüsteln bloß, sozusagen das Zündholz, das ich ins Stroh werfe. Dann stelle ich die Uhr des Zünders (eine simple runde Küchenuhr, gefertigt zum Eierkochen) auf fünf Minuten. Und schalte ein.

Dann beginnt eine lange Minute. Sechzig Sekunden bleibe ich noch. Betrachte das Zimmer, all die festen, zum letztenmal festen Gegenstände. So nahe an ihrer Zerstörung, daß sie vor meinen Augen schon zu Erinnerung werden. An der dünnen Grenze vom Gerade-Noch zum Kaum-Mehr. Eine Wanduhr tickt, ihre Zeiger werden die nächste Goldziffer nicht erreichen, ihr Pendel wird schmelzen. Ich atme ein und aus und ein, den Geruch naher Vernichtung. Dann, ohne Eile, wende ich mich ab. Betaste im Vorbeigehen noch eine Kommode, die Tapete, einen feuchten Vorhang, die Wand. So fest, so kühl, so real scheinbar. Und doch näher am Traum: Niemand nach mir wird sie mehr anfassen. Die Tür fällt hinter mir ins Schloß; noch gute drei Minuten.

Die Straßen sind totenstill um diese Zeit. Der Himmel ist schwarz, im Frühsommer schon etwas grau am Horizont. Kein Fenster hat Licht. Nur die Straßenlaternen glänzen pflichtgemäß. Autos schlafen auf den Parkplätzen, in der Ferne brummen Motoren, aber nicht hier, nicht hier. Vielleicht blinkt ein Flugzeug, Ja, es ist still. Und ich stehe da, fühle den leichten Wind, den Geruch der späten Nacht, horche auf meinen Pulsschlag, den Takt prickelnder Erwartung in mir. Ich presse die Lippen zusammen, um nicht laut zu lachen, zu schreien vor Aufregung. Noch immer still. Gleich! Gleich!

Die Explosion ist nicht laut, hier draußen hört man sie kaum, ein Poltern bloß, als wäre ein Kochtopf zu Boden gefallen oder eine schwere Vase. Dann passiert eine Weile gar nichts, oder richtiger: Es passiert ungesehen im Inneren des Hauses und zugleich im Inneren meiner flackernden, entfachten Phantasie. Oh, ich kann alles verfolgen! Das Aufleuchten der Explosion im dunklen Zimmer, und wie ihr grüner Widerschein über die Möbel fliegt, und wie diese plötzlich, als wollten sie das Licht an sich reißen, an drei, fünf, zwölf, zwanzig Stellen in dünne Flammen aufgehen. Die Flammen nähern sich, finden zueinander. Vereinigen sich. Ein paar Sekunden lang zögert das Feuer noch, wartet ab, bleibt auf der Stelle ... Dann – jetzt! – macht es sich auf den Weg: Und kriecht über die Teppiche, klettert an Vorhängen, Regalen, Tischtüchern hinauf; und der Raum ist auf einmal so hell, durchtanzt von schwarzen, gezackten Schatten. Und dann (endlich) zittert der erste gelbe Abglanz in den Fenstern. Eine graue Rauchsäule, noch nicht sehr dicht, hebt sich in den Himmel, ein hellerer Schatten vor der hohen Dunkelheit. Und dann – Ping! – ein singendes Lachgeräusch (bisher war alles lautlos), springt ein und bald noch ein und noch ein Fenster. Flammen strecken sich heraus, fliegen durch die Luft, aufwärts, verlöschen, neue folgen ihnen. Und der atemlose Prassellärm kommt knisternd, knatternd herüber, zu mir herüber. Zu mir.

Denn ich stehe noch da. Lausche, sehe, fühle. Wärme schlägt mir in kräftiger werdenden Wellen entgegen; Wellen aus flimmernder, funkentragender Nachtluft. In mir ist ein großes, kaum zu tragendes Glück, ein Gefühl von ... ja: von Tanz und Segen. Von Erfüllung. Aber es wird Zeit. Wenn die ersten Flammen das Dach erreicht haben, muß ich mich umdrehen und weggehen. Langsam. Nur ja nicht laufen. Während ich gehe, die Hände in den Taschen, den Kopf gesenkt, wird die Luft um mich kühler, das Knistern leiser, die Sterne werden wieder sichtbar. Meist höre ich dann schon eine Sirene jaulen; das erste rote Auto hetzt, gerufen von einem endlich erwachten Nachbar, herbei. Manchmal bringen sie es sogar fertig, zu löschen, bevor das Haus ganz ausgebrannt ist. Meistens nicht. Ich biege um eine, um noch eine dämmrige Straßenecke, mein geparktes Auto erwartet mich. Ich steige ein und fahre nach Hause. Meine Frau wacht auf, wenn ich komme, aber sie fragt nicht, wo ich war. Sie denkt, ich hätte eine heimliche Geliebte, das dumme Schaf. Ich lege mich hin, schließe die Augen und bin ein paar Stunden völlig, vollkommen, absolut zufrieden.

Es hält noch lange an, Wochen, oft Monate. Und indessen fahre ich umher, tue meine Arbeit, installiere Antennen, begutachte Häuser, wähle das nächste Objekt. Ich mache es nur etwa zweimal im Jahr, nicht viel öfter. Wäre auch gar nicht möglich: Unsere Polizei ist von profunder Unfähigkeit, aber selbst ihr könnte der Zusammenhang zwischen Brandstiftungen und Servicebesuchen der Firma Börstenmann auffallen. Nein, es genügt, ich bin nicht maßlos. Ich muß es nicht tun. Ich tue es freiwillig und zum Vergnügen.

Also, jetzt wissen Sie es. Ich bin ein ... – na schön: Ich bin ein Pyromane. Einer, der das Feuer liebt. Nun ja, so ist es, ich habe gar nichts gegen das Wort. *πυρ: pyr*, das Feuer. Etymologisch verwandt; althochdeutsch *fuir*, auch *fiur*; altisländisch: *fyrr*; hethitisch (da staunen Sie!): *pahhur*. Indogermanisch: *pewor*. Merken Sie, wie jeder dieser Namen vollgesogen ist mit etwas? Mit Macht? Mit Gefahr? Worte sind nicht zufällig, o nein. *Fyrr, pahhur* – spüren Sie es? Sie spüren es. Sagen Sie es laut, konzentrieren Sie sich. Und langsam bekommen Sie eine Ahnung davon, was das ist: – das Feuer.

Eine schwache Ahnung. Ein Leben reicht nicht aus, um es auch nur halb zu verstehen. *Oxydation unter Flammenbildung; bei organischen Stoffen entstehen Kohlendioxid und Wasserdampf* – o bitte! Blasse Lexikondefinition, sie sagt überhaupt nichts. *Pahhur.* Der Lauf einer Flamme am Streichholz entlang. Oder folgendes:

Ich war noch sehr jung. Eine rötliche Ebene umgab mich, streckte sich auf allen Seiten an den Horizont, die zu nahe Grenze eines weißen Himmels. Ich ging. Und auf einmal bekleidete der Boden sich mit Grünzeug, mit Sträuchern, mit Bäumen. Hoch und braun und laubbehangen. Es roch nach Reisig, Moos, Fichtennadeln, verwesendem Blattwerk. Vögel stritten sich erregt. Eine eigenartige Spannung zog vorbei wie ein Windstoß; fliehende Tiere (unsichtbar) zerbrachen Unterholz, Krähen stoben vor dem Himmel auf. Und dann roch ich es schon. Und ging weiter, der stechend warmen Luft entgegen. Der Wald gab mich frei, weitete sich zur Lichtung.

Und drüben, jenseits, auf der anderen Seite: – waren die Blätter rot und lebendig, und Äste brachen und waren Asche, ehe sie noch den Boden erreichten, und Rauch, dicker Rauch, hob sich, schwirrend von Funken, zur Sonne. Und dann löste sich das Feuer und raste über das hohe Gras, über die Lichtung: ... auf mich zu.

Die Zeit des Bekenntnisses. Na schön, ich gebe es zu: Ich habe gelogen. So war es nicht. Ich hatte nie das Glück, einem Waldbrand zu begegnen. (Was nicht heißt, daß es mir nicht noch gelingen kann. Ich arbeite daran.) Ich habe mir erlaubt, Ihnen einen Traum zu schildern, einen seit meiner Jugend wiederkehrenden, einen halb lästigen und halb willkommenen Besucher meines Schlafes. Aber anders betrachtet – war es gar nicht so falsch. Denn es begann tatsächlich so. Mit Träumen.

Mit fiebrigen, flackernden, verschwitzten Träumen von Feuer. Von rot- und weißglühender Schönheit. Von Dingen oder Menschen, die langsam vor meinen Augen in Flammen zergingen, von Flammen verspeist wurden. Und dann erwachte ich in mein halbdunkles Zimmer, zitternd, mit schlagendem Herzen und mit vor Sehnsucht schmerzendem Körper. Keine falschen Schlüsse, ja? Ich hatte eine angenehme Kindheit, niemand tat mir weh, meine Eltern liebten, meine Geschwister fürchteten mich. Auch ich habe Freud gelesen, und mit Interesse; auch ich kenne Worte wie Psychose und Paraphilie. Unterschätzen Sie mich nicht, ich sagte schon, ich habe studiert. Vielleicht nur an der Volkshochschule, aber mit Hingabe. Nein, ich erkläre deutlich: Pyromanie ist keine Krankheit. Das genau ist sie, die Verleumdung, die Lüge, der wir ausgesetzt sind. Es gab Kulturen, und vielleicht waren es die besten, die das Feuer angebetet haben. Um ganz ehrlich zu sein: Ich begreife nicht, wie ein gesunder Verstand etwas anderes verehren kann; ich begreife nicht, wie jemals ein Mensch eine bleiche Abstraktion oder, noch schlimmer, irgendeinen klobigen Gegenstand für der Anbetung würdiger, der Göttlichkeit verwandter halten konnte als – *Pahhur. Fyrr.* Den spitzen, den tödlichen Lauf einer Flamme am Streichholz entlang.

Ich begann mit schüchternen Experimenten. Ein kleines Häufchen Stroh, entzündet im Brennpunkt einer Briefmarkenlupe. Eine Mischung von Aluminium- und Jodpulver, ein Tropfen Wasser darauf: und husch, das Ganze brennt. Das ist besonders schön, weil man es nicht anzünden muß, weil die Substanz selbst so zauberisch bereitwillig die Flamme hervorbringt. Ein Magnesiumdraht – ein weißes Aufstrahlen, und nichts ist mehr übrig, nichts, alles Metall ist zu Licht geworden. Und eine Katze, abends, am Schwanz angezündet: ein rennendes, schreiendes, funkenschlagendes Pelzknäuel, das sich auf einer Zickzacklinie in die Dämmerung entfernt. Davon kam ich übrigens wieder ab. Ich bin nicht grausam. Ich habe nicht den Wunsch, jemandem weh zu tun. Vor zwei Jahren habe ich in einem Haus eine Großmutter übersehen, vierundneunzig, in lautlos senilem Schlaf. Ich erfuhr erst am nächsten Tag aus den Nachrichten, daß sie dagewesen war, in irgendeinem nun verkohlten Zimmer. Doch: Ich kann Fehler eingestehen. Und bedauern.

Wie wird man zum Pyromanen? Wie findet man zum Feuer? Nein, es war anders: Das Feuer fand mich. Belauerte mich, war gegenwärtig, wartete am Rand meiner Träume, meiner Gedanken. Mit fünfzehn verlor ich

meine Jungfräulichkeit, und mit sechzehn zündete ich
meine erste Hundehütte an. Wollen Sie wissen, welches
Erlebnis das größere war? Nun, das eine war bloß eine
Hütte, das andere ein Mädchen mit Zahnspange, und
ich war ungeschickt, ohne Übung. Sie grinste silbrig, die
Hütte stürzte ein und erlosch; die Hälfte blieb stehen,
schief, geschwärzt und leer. Trotzdem: Ich hatte ver-
standen.

Ich war nie, niemals unvorsichtig. Ich wußte, daß die
Gesellschaft mich nicht dulden durfte (denn täten alle,
was ich tue, so stünden keine Häuser mehr; aber es tun
nicht alle, ich tue es). – Ich habe keinem je von meiner
Leidenschaft erzählt. Ich spreche jetzt zum ersten Mal
davon, entschuldigen Sie meine Nervosität. Mit achtzehn brannte ich meinen ersten Baum ab: ich entdeckte, daß sie explodieren, wenn die Temperatur ausreicht;
– das Wasser in ihnen verdunstet, dehnt sich aus, zer-
fetzt sie in längliche Bruchstücke, entlang ihrer Fasern.
Sie sollten das einmal sehen. Mit zwanzig mein erstes
Auto. Autos sind interessant: Technisch gesehen redu-
ziert das Problem sich darauf, eine kleine Flamme ins
Innere des Benzintanks zu manipulieren, ohne noch von
der sich dehnenden Feuerwolke berührt zu werden. Ich
habe mich nur sehr selten verletzt: bloß zwei- oder drei-
mal Verbrennungen ersten, nur einmal eine sehr kleine
Verbrennung dritten Grades. Die Narbe auf meinem
Handrücken sieht aus wie ein kleiner Schnitt. Ich sagte
schon: Ich bin sehr vorsichtig.

Bis zu meinem dreißigsten Lebensjahr waren es vor
allem Wohnungen. Zunächst im Erdgeschoß, ich warf
explodierende Sprengsätze durch die Fensterscheiben,
eine primitive Methode, triste Ergebnisse: Die Brände

waren unvollkommen, laienhaft, schnell gelöscht von grinsenden Feuerwehrleuten. Dann arbeitete ich mich hinauf, in höhere Stockwerke. Da mußte ich nun schon einbrechen, und das machte eine Verfeinerung der Technik möglich: Ein Brand wird nicht einfach angezündet, sondern gelegt; sein Verlauf kann kontrolliert werden, hierhin und dorthin geführt, gelenkt. In diesen Jahren habe ich viel gelernt. Am Schluß war ich so weit, daß ich von der Straße aus beobachten konnte, die Hände in den Taschen, den Kopf in den Nacken gelegt, wie das Feuer aus einem hellen, strahlend hellen Fenster hinauf nach dem hölzernen Dachstuhl griff, tastend zunächst, dann sicherer, und wie plötzlich auch das Dach, ein Teil des Daches, dann das ganze, das Feuer an sich zog. Das war ein großer Moment, obwohl ein Löschhubschrauber alles zerstörte. Aber da wußte ich schon, daß ich zu etwas Größerem übergehen mußte. Zu Häusern, zu klotzigen, schweren, die Zerstörung herausfordernden Häusern.

Warum, fragte meine Tochter einmal, haben wir diese Kanister im Keller? Sie wissen, wie Kinder sind – neugierig, aufmerksam ... Ja, sagte ich, warum eigentlich! Dann schlug ich ihr zweimal mit der flachen Hand ins Gesicht. Sie starrte mich eine Weile an, beinahe tat sie mir leid. Ich schlage sie sonst eher selten. Dann drehte sie sich um, rannte davon. Sie hat nicht mehr gefragt. Und meine Frau lasse ich gar nicht erst in den Keller. Einmal wollte sie hinein, aber das hat sie nie wieder versucht. Ich habe dort einen kleinen Raum, meine Werkstatt, wo ich die Zünder zusammensetze und mit dem Plastiksprengstoff verbinde. Diesen beziehe ich in kleinen Mengen von einem bestechlichen Unteroffizier.

Nichts davon ist schwierig. Jeder könnte das tun. Auch Sie.

Aber die Moral, höre ich Sie rufen! Wie kann man denn bloß ... fremdes Eigentum ...! Und all das. Was für ein blöder Einwand. Wer ein Ding anzündet, macht es nicht einfach kaputt – er erlöst es. Feuer ist nicht Tod, es ist Apotheose. Alles Dasein ist feuergeboren: Nicht bloß deshalb, weil keine Zelle überleben kann, wenn nicht irgendwo in ihr (und zwar in den Mitochondrien, ich weiß das) eine unaufhörliche Verbrennung stattfindet, unsichtbar, ohne Flammen, doch wirklich und meßbar. Das geheime Innere allen Lebens ist Feuer; es ist der Stoff, aus dem – wenn Sie den Ausdruck erlauben – die Seelen bestehen. Die alten Chinesen schrieben dem Menschen zwei davon zu: eine Blut-, eine Feuerseele. Jene stirbt, zerfällt mit dem Körper, verwest; diese aber ... na, was glauben Sie? Richtig. Es ist der Urstoff Heraklits, das allgewaltige Element der Alchimisten; im achtzehnten Jahrhundert stritten sich Forscher darum, ob es einen imponderabilen (gewichtslosen, können Sie folgen?) Feuer- und Lichtstoff gäbe: das Phlogiston. Eine leider verstorbene Theorie, aber das macht nichts. Es gibt den Feuerstoff trotzdem. Und sei es nur als lauernde Möglichkeit: Man fühlt ihn unter dem heranziehenden Gewitter, man erblickt ihn im spitzen Lauf einer Flamme an ihrem Streichholz entlang.

Materie, jeder Volksschüler lernt das, ist eine Form von Energie. Von gebundener, festgehaltener, zum Stillsitzen gezwungener Energie. Aber sie will frei sein. Die Geschichte der Zeit ist eine Reise aus dem Zustand geordneter in einen Zustand ungeordneter Energie; was heißt das? Das heißt, daß alles zerfällt. Das heißt, das

Weltall ist eine riesige, lodernde Explosion. Jede Form strebt ihrer Auflösung zu. Jedes Ding ächzt vor Dankbarkeit, wenn ihm gestattet wird, endlich in Flammen aufzugehen. In diesem Tisch vor mir, in meinem zernagten Bleistift, in den Gewächsen dort draußen ist eine gierige Sehnsucht, zu brennen. Wollen Sie eine Definition? Bitte sehr: Feuer, das ist die chemische Ekstase der Welt.

Und falls es Sie beruhigt: Der Tag wird kommen, und bald, an dem ich auch mein eigenes Haus, dieses hier, anzünde. Das ist kein Opfer, im Gegenteil. Ich träume davon, in zwanzig oder mehr Fassungen: Soll es im unteren Stockwerk beginnen, auf den Blumentapeten, und sich über Spannteppiche und Sofabezüge ausbreiten, hinauf, bis in unser sauberes Schlafzimmer mit seinen weißen Bettüchern und meinen gutgebügelten Hemden? Oder umgekehrt? Oder soll es vom Dach ausgehen, direkt von unserer weit aufgespannten Fernsehantenne, Luxusmodell, über hundert Kanäle? Oder soll es heimlich, schleichend von ganz unten, aus dem Keller, aufsteigen? Werde ich meine Frau unter einem Vorwand wegschicken, – oder soll sie nicht lieber da sein und alles mitansehen? Der Gedanke an ihre großen, runden, überraschten Augen ist verführerisch. Sehen Sie, das sind die Fragen, die ich noch lösen muß. Ich werde mir diesen Brand vielleicht zum fünfzigsten Geburtstag schenken; es wird ein festliches Ereignis sein, ich werde erleben, wie die Hitze die kitschigen Kulissen meines Alltags, meines Gefängnisses frißt. Außerdem bin ich hoch versichert. Ich werde sogar daran verdienen.

Habe ich Sie überzeugt? Ich frage mich, ob das der Grund dafür ist, daß ich mich an Sie wende. Ich weiß noch nicht genau, wo das hier erscheinen wird, in welcher miserablen Zeitschrift, in was für einer Sammlung ärmlicher Novellen, oder wo immer. Ich weiß auch noch nicht, welcher Autor ausreichend bestechlich oder leicht einzuschüchtern ist, um seinen Namen dafür herzugeben – aber trotzdem: Ich glaube, ich mache gerade den Versuch, durch alle Masken, Verstellungen und Pseudonyme hindurch (Sie glauben noch immer nicht, daß es mich gibt, stimmt's?) die Wahrheit zu sagen. Und Proselyten zu werben. Und falls es auch nur einer ist, ein einziger, hat es sich doch gelohnt. Und Sie? Ja, schauen Sie nicht weg, ich meine Sie! Das ist keine literarische Formel, keine große Geste der Pluralanrede, sondern ganz simpel: *Ich meine Sie.* Habe ich Sie nicht schon ein wenig, ohne daß Sie es gemerkt haben, zum Feuer bekehrt? Lächeln Sie nicht so arrogant; natürlich habe ich. Denn wie jedes Ding sich danach sehnt zu brennen, so sehnt jeder Mensch sich danach, zu entzünden. Spielen Sie nie mit Ihrem Feuerzeug? Starren Sie nie die Funken an, die unter Ihrem Daumen hervorspringen, und dann die gelb-bräunliche Flamme, so klein und ruhig, mit etwas seltsamen, nicht ganz aussprechbaren Gedanken ...?

Man soll das, was man liebt, nicht zu seinem Beruf machen. Ich habe es einst versucht: Ich nahm an einem Kurs für Pyrotechnik teil (der sich als sehr brauchbar erwies; zwar lernte ich vor allem, wie man Brände vermeidet, aber jede Regel ließ sich umdrehen und ins Nützliche kehren) und arbeitete eine Zeitlang beim Film. Das war enttäuschend: Die Flammen kamen aus kleinen durchlöcherten Rohren, die Explosionen waren sanft und vorsichtig dosiert. Eine mechanische und respektlose Art, mit Feuer umzugehen. Zum Abschied manipulierte ich einen Zeitzünder, eine Ladung ging dreißig Sekunden zu früh los und fegte einen jungen Schauspieler vom sorgfältig nachgestellten Schlachtfeld. Ich nenne seinen Namen nicht, Sie würden ihn ohnehin nicht kennen. Er überlebte, aber er spielte danach nie mehr. Ich glaube, er arbeitet heute in einem Kino oder einer Garage, jedenfalls irgendwo, wo es dunkel ist. Niemand kam darauf, daß ich es war. Und ich kündigte.

Später, ich war schon bei Börstenmann angestellt, war ich noch manchmal für eine Abbruch- und Sprengfirma tätig; ich verband die Zünddrähte, legte die elektrischen Leitungen. Es war ganz nett, aber nicht wirklich befriedigend. Wenn alles vorbereitet war, betätigte der Sprengmeister – immer er selbst, nie ein anderer – den Schalter, und mit einem riesigen und dumpfen Knall brach das statische Gerüst des Gebäudes. Eine Sekunde stand es noch (wie ein Irrtum, wie etwas, das nicht mehr sein kann), dann zog die Schwerkraft es nach unten, faltete es wie eine Ziehharmonika oder einen Fächer. Und dann hob sich eine Dreckwolke, umgab uns, bedeckte alles. Wenn sie sich gelegt hatte, hatten wir graue Haare, und das Haus war verschwunden. Niemals ein Zwischenfall und erst recht niemals Feuer. Und nicht *einmal* durfte *ich* auf den Knopf drücken. So hörte ich auch damit auf.

Börstenmann schätzt mich, meine nächste Beförderung gilt als gewiß, mein Einkommen wächst stetig. Die Polizei wird mich nicht finden; auf dem einzigen Phantombild von mir, angefertigt nach den Erinnerungen eines halbblinden *imbécile*, habe ich aus unerfindlichen Gründen eine Glatze und einen breiten Schnurrbart.

Meine Fähigkeiten wachsen. Ich habe allen Grund, zufrieden zu sein. Ich lese viel, bin Mitglied mehrerer Buchklubs, besuche regelmäßig Kurse an der Volkshochschule. Aber all das ist Nebensache, ich weiß. Ich wußte es immer.

Seit damals, ich war etwa acht Jahre alt. Plötzlich, während ich schreibe, erinnere ich mich. Ich war hinausgeklettert, durch eine Luke, verklebt von Spinnen- und Staubfäden, auf das Dach meines niedrigen, braunen Elternhauses. Ich weiß nicht warum, eigentlich war ich kein mutiges Kind. Und da stand ich. Und dann ...?

Verzeihung, mein Bleistift ist abgebrochen; ich habe plötzlich zu fest aufgedrückt. Ich will ihn nicht spitzen, keine Zeit. Ich nehme einen neuen. Und dann ... – ja, was eigentlich? Eigentlich nichts. Es war schönes Wetter, sehr grell, ein wenig Föhn vielleicht. Am Himmel standen dünne, durchbrochene Wolkenfasern.

Es war sehr warm. Um mich breiteten sich Häuser aus und Häuser und Häuser, alle mit Schornsteinen, und aus einigen davon stieg Rauch, trotz der Hitze. Dicke weiße Schwaden, die ein wenig durchsichtig in der Luft standen, sehr ruhig, fast unbeweglich. Und weit oben hing die Sonne. Es muß genau Mittag gewesen sein.

Motoren brummten, und Stimmen stiegen auf, aber alles ein wenig leiser, wie abgedämpft durch einen Vorhang aus warmer, vibrierender Stille. Ich war atemlos. Keine Feuersbrunst, die ich später gesehen habe (und es waren doch einige), kam an diese Ruhe heran, an diese sonnige Bewegungslosigkeit. In den Häusern unter mir gab es kleine, gut gehütete Brände, das hielt sie am Leben. Über mir verglühte ein Stern, so hell, daß man nicht hinsehen konnte. Unter der Erde, tief unten, aber doch nicht so besonders tief, war ein flüssiger Kern aus rotem, zu Feuer geschmolzenem Gestein. Die Mauern strahlten Hitze ab, die heiße Luft nahm sie flimmernd auf. – Da wußte ich alles, sah weit, weit in meine Zukunft voraus ...

Bis in die Gegenwart.

Ich drehte mich um, machte vorsichtig einen Schritt, hielt mich mit der linken Hand an der runden Parabolantenne fest, die ich eben installiert hatte. Sie strahlte weiß, in ihr spiegelte sich, klein und rund, die Sonne. Ich steckte meinen Schraubenzieher ein, wischte mir mit der rechten Hand den Schweiß von der Stirn; und da streifte mich ein eigenartiges Gefühl: *déjà vu*, Sie kennen das? Das Gefühl, etwas schon erlebt zu haben oder geträumt oder gerade zu träumen. So stand ich eine Weile, schwitzend, auf einem Dach, das bald Asche sein wird. Das war gestern. Und als ich abgestiegen war, wußte ich, daß ich das hier schreiben mußte. Verstehen Sie jetzt?

Oder noch immer nicht? Dann bitte ich Sie, eine Streichholzschachtel zu nehmen. Keine Ausflüchte, Sie haben eine. Öffnen Sie sie, nehmen Sie ein Streichholz heraus, ziehen Sie seinen Kopf über die Reibfläche. Manchmal geht es erst beim zweiten Mal. Aber dann: Mit einem Zischen erscheint, einen Moment lang noch ganz unförmig, eine kleine Wolke aus Helligkeit. Sie verstummt, ordnet sich zur Flamme. Zu jener Form, die kein anderes Ding in der Welt hat; unten bläulich, darüber rotbraun, ganz oben eine Spitze aus reinem Gelb. Und bewegt sich ruhig und schnell am braunen, schwarz werdenden, sich krümmenden Streichholz entlang. Majestätisch und hungrig. Schwach flackernd und begleitet von einem ganz, ganz leisen, kaum hörbaren Flüstern. Vorsicht, Ihr Finger! Noch eine Sekunde bitte. Sie spüren die Hitze: zunächst noch angenehm, ein Kribbeln, beinahe eine zärtliche und lebendige Berührung; aber dann schlägt sie plötzlich um, sticht zu, verwandelt sich in einen Punkt aus purem Schmerz ... – Ach, jetzt haben Sie sie ausgeblasen! Die kleine Flamme getötet. Nach einem Augenblick erst löst sich aus dem schwarzen verbogenen Streichholz, jetzt noch an ein paar Stellen glühend, jetzt schon nicht mehr, ein Faden aus Rauch. Steigt auf, verästelt sich, löst sich auf. Jetzt riecht man es auch: Es ist kein schlimmer Geruch, fast angenehm, beinahe ein Duft. Öffnen Sie das Fenster, wenn er Sie stört. Und dann versuchen Sie, sich zu erinnern, was Sie gesehen haben: Fällt Ihnen auf, daß diese wenigen Momente wie herausgetrennt erscheinen aus der Zeit? Nennen Sie es *Pyr*. Oder *Fyrr*, oder *Pahhur*. Oder auch: *Feuer*. Wörter sind ja nicht zufällig. Und das war es vermutlich, was ich sagen wollte. Vielleicht begegnen wir uns einmal; und dann kann ich auch Sie einweihen. Sie werden mich nicht, aber ich werde Sie erkennen. Das ist nicht unmöglich. Ich komme viel herum.

S*CHNEE*

Die Sitzung dauerte schon viel zu lange. Die Zahlen auf den zwei Wandtafeln lösten sich in Schlangenlinien auf, leergeschriebene Kugelschreiber lagen auf dem Tisch, und in den Aschenbechern häuften sich die Zigarettenstummel. Direktor Lessing schloß die Augen, senkte den Kopf und rieb sich die Schläfen. Hansen sprach jetzt seit mindestens einer halben Stunde, und seine Worte verformten sich in Lessings Geist zu eigenartigen Lautgebilden.

Es war das Übliche: Die Konkurrenz entwickelte undurchschaubare Pläne, die Prognosen waren nicht die besten, und in die Kalkulation schlichen sich Schwierigkeiten ein. Hansen und Mühlheim waren sich nicht einig, und Berger hielt die Extrapolation der Kurve vom vergangenen Quartal für irreführend. Von den Zigarettenspitzen stiegen Rauchfäden in die Höhe, kräuselten sich, bildeten komplizierte Verästelungen und lösten sich auf. An der Decke, unter den Lampen, hingen bläuliche Dunstschwaden. Die Kaffeetassen waren längst leer.

Wie spät war es? Lessing wagte nicht, auf die Uhr zu sehen, das wäre doch zu unhöflich gewesen. Jedenfalls war es draußen schon seit langem dunkel, es mußte mindestens sieben sein, vielleicht halb acht ... – Ein Windstoß schlug so heftig gegen das Fenster, daß die

Scheiben und auch die Tassen auf dem Tisch leise klirrten. Hansen unterbrach für einen Moment, und Lessing nützte das aus, um nach der Wanduhr zu sehen: Viertel vor neun. Mein Gott, saßen sie wirklich schon sechs Stunden hier? Mit einem Schlag wurden seine Kopfschmerzen heftiger und zugleich auch seine Müdigkeit. Die Dunkelheit preßte sich gegen das Fenster. Es mußte ein ziemlich schlimmer Sturm sein.

Und dabei hatte es ganz anders begonnen. Heute morgen waren plötzlich dicke weiße Flocken aus dem Himmel geschwebt. Sehr langsam und lautlos. Ohne jede Ankündigung im Wetterbericht. Jedes Jahr ist es wieder so: Der Himmel ist hell und überraschend nahe, und auf die Welt – den Rasen, das Dach des Nachbarhauses, die Hundehütte, die Bäume – legt sich ein weißes Lichtkleid. Die Geräusche hören auf, und alles ist für kurze Zeit leuchtend und sauber und schön. Aber es dauert nicht lange. Bald hört man Schneeschaufeln kratzen, Räumfahrzeuge wälzen sich vorbei, Chemikalien verwandeln den Schnee in eine braune Dreckmasse. Und kurz darauf quälen sich auch wieder die ersten Autos durch die Straßen ...

Gegen Mittag hatte der Wind eingesetzt, und dann war mehr Schnee gekommen und mehr Schnee und mehr. Die Kinder waren enttäuscht und frierend aus dem Garten geflohen; der Wind hatte ihren Schneemann zerstört, und die Flocken waren jetzt klein und fest und taten im Gesicht weh. Kurz darauf war auch der Hund ihnen gefolgt, winselnd und mit einer Eiskruste auf dem Fell. Aber die Sitzung war ein Termin, um den man sich nicht drücken konnte. Also: den wärmsten Mantel anziehen, Handschuhe, Schal und Pelzmütze. Lessings

Villa lag in einer erstklassigen Gegend in der Vorstadt. Im Sommer war das angenehm, im Winter hatte es Nachteile: Der Weg in die Firma war heute nicht leicht gewesen, die Sicht war schlecht, es gab Schneeverwehungen, und an ein paar Stellen war die Straße schon ziemlich glatt. Auch Parkplätze waren kaum noch zu finden. Aber die Firma hatte eine eigene Garage.

Hansen setzte sich und sah sich befriedigt um. Eigentlich war jetzt ein Einwand von Mühlheim fällig, aber der schwieg. Er sah erschöpft aus, seine Krawatte saß schief, und sein Bart war zerzaust. Es ist wirklich Zeit aufzuhören, dachte Lessing. Eine kurze Pause begann, alle schwiegen, nur der Sturm war zu hören. So! Lessing holte Luft für das Schlußwort, da hob Berger die Hand und fing an zu reden. Alle starrten ihn an, aber das störte ihn nicht. Er hatte sich ein paar Anmerkungen zu Hansens Thesen notiert. Eine Reihe von Anmerkungen. Viele Anmerkungen.

Er redete leise und schnell, versprach sich oft, korrigierte sich, fing von vorne an. Einmal öffnete sich die Tür, und Fräulein Perske, die Sekretärin, sah mit zusammengekniffenen Lippen herein. Mühlheim hatte den Kopf zurückgelegt und atmete schwer; Frau Dr. Köhler, die Personalchefin, zeichnete ein großes und schiefes Strichmännchen in ihren Notizblock, aber bevor sie zu den Füßen kam, hörte sie auf. Lessing betrachtete es beunruhigt; das fußlose Ding machte ihm Angst.

Es gelang ihm nicht mehr, Bergers Worten zu folgen; sie wollten sich nicht zu Sätzen fügen, trennten sich von jedem Sinn ab, schwirrten als Geräusche durch den Raum. Die Schmerzen in seinem Kopf bewegten sich langsam von der einen Seite zur anderen, ein sanftes Schwindelgefühl floß durch seine Gedanken. Er tastete nach dem Döschen mit seinen Blutdrucktabletten. Für einen Moment kam ihm die irritierende Idee, daß all die Tafeln und Diagramme und der Computer und die Telefone Attrappen sein konnten, Teile einer geschickt aufgebauten Dekoration, und daß alle hier es wußten. Er sah sie an, einen nach dem anderen. Aber ihr könnt aufhören! Ich habe es entdeckt ... –

Und dann fand er die Tabletten, und es ging vorbei. Er war wohl einfach überlastet. Ja, wenn man Ferien machen könnte, sich ausruhen, spazierengehen und schlafen, viel schlafen ... – Aber in den nächsten Monaten war dafür keine Zeit, es mußte auch so gehen. Gut – das Wasser, und schnell schlucken, es brauchte nicht jeder zu sehen. Man muß sich einfach zusammennehmen, sich gerade halten ... Zum Teufel, er würde so lange durchhalten wie jeder von ihnen und notfalls noch eine Stunde länger!

Da erst bemerkte er, daß alle ihn ansahen. Hansens spiegelnde Brillengläser, Mühlheims Bart, Bergers frischlackierte Haare, Frau Dr. Köhlers spitze Nase. Er erschrak, dann wurde ihm klar, daß sie darauf warteten, daß er die Sitzung beendete. Mein Gott, endlich! Jetzt schnell, bevor noch jemand einen neuen Einfall hatte!

»Na schön«, hörte er sich sagen, dann räusperte er sich und sagte noch einmal: »Na schön.« Der Wind rüttelte am Fenster, wieder klirrten die Tassen, ein Bleistift rollte mit einem leisen, hölzernen Geräusch auf die Tischkante zu und stürzte, von niemandem aufgehalten, lautlos ab. Lessing sah ihn nicht auf dem Teppich ankommen; kein

Aufprall war zu hören. Er rieb sich die Augen. Dann sagte er zum dritten Mal: »Na schön ... Wir haben heute doch einige wichtige Punkte ... klären können. Und bei den übrigen werden wir sicher ...« Die Lampen flackerten; plötzlich kam von draußen ein dumpfer, metallischer Knall. Lessing wandte sich zum Fenster, aber die anderen schienen nichts bemerkt zu haben. »... sicher eine Lösung finden. Meine Herren und ... und meine Dame ...« Er machte diesen Scherz oft, diesmal, zum ersten Mal, lächelte niemand. »... ich wünsche Ihnen eine gute Nacht.«

»Wünschen Sie uns vor allem eine gute Fahrt«, sagte Berger. »Wird nicht leicht werden.«

Fräulein Perske war eingetreten und nickte heftig. »Ich habe gerade die Nachrichten gehört: Überall Unfälle. Vielleicht sollten Sie hierbleiben!«

Berger lachte. »Meinen Sie, hier übernachten? Also wenn Sie Lust dazu haben – bitte!« Er grinste und ging hinaus. Mühlheim sah ihm ärgerlich nach, murmelte etwas und folgte ihm.

Die Garage war fast leer. Lessing suchte in seinen Manteltaschen nach dem Schlüssel und atmete tief ein, um Sauerstoff in seinen Körper zu pressen. Sie verabschiedeten sich; alle sprachen sehr leise, obwohl es dafür gar keinen Grund gab. Dann stieg jeder in sein Auto; Türen schlugen zu, nach ein paar Sekunden sprangen die Motoren an, und die hellen Lichtkreise der Scheinwerfer flammten auf. Lessing saß in seinem Wagen und wartete; ein Auto nach dem anderen bewegte sich an ihm vorbei auf die Ausfahrt zu; und sie verschwanden, erst eines, dann noch eins, dann noch eins und schließlich das letzte, in der Nacht.

Dann war es still. Ein paar kleine Lampen warfen etwas Helligkeit in den Raum, längliche Schatten lagen auf dem Boden, nichts bewegte sich, nirgendwo. Die kalte Luft war angenehm; Lessing fühlte, wie ein wenig von seiner Kraft zurückkehrte. Also los!

Draußen war alles weiß. Die Straße, der Himmel und die Luft. Schnee stürzte aus der Höhe, und Schnee stieg von der Erde auf; wo man hinsah, rasten, wirbelten, hüpften Flocken. Lessing spürte, wie der Wind an seinem Lenkrad zerrte und wie die Räder unter ihm versuchten, Halt zu finden. Langsam fahren! Langsam und vorsichtig ...! Meter für Meter zog die Straße an ihm vorbei, und dann konnte er durch das flirrende Weiß auch die vertrauten Umrisse der Gebäude erkennen. Jetzt links abbiegen und auf die Hauptstraße ...

Und hier stockte alles. Lichter: gelbe und rote und rotierende Lichter, die links und rechts für Augenblicke Mauern, Türen, Fenster, Hydranten aus der Dunkelheit rissen. In der Ferne heulten Sirenen. Autos standen quer, versperrten den Gehsteig, steckten in Schneewehen; fünfzig Meter weiter, beleuchtet von flackerndem Rotlicht, waren drei ineinander verkeilt. Ein Polizist mit einer nutzlosen Kelle in der Hand irrte vorbei; Menschen in schneeverklebten Jacken standen herum, sprachen, gestikulierten. Für einen Augenblick nahm ein Kind Gestalt an, lief über die Straße und löste sich in Dunkelheit auf.

Lessing reagierte sofort: Rückwärtsgang, umdrehen (sein Nacken schmerzte furchtbar) und zurück. Der Motor jaulte auf, doch er gehorchte. Ein paar Sekunden lang war noch der Widerschein der vielen Lichter zu sehen, dann nicht mehr.

Und jetzt? Lessing hatte nie einen besonders guten Orientierungssinn gehabt; jetzt mußte er einen Heimweg finden, der nicht über eine der Hauptstraßen lief. Nach einer Weile fiel ihm eine schmale Straße ein, die er vor Jahren einmal benutzt hatte. – Doch, so konnte es gehen. »Na schön«, murmelte er, dann fiel ihm auf, daß er das heute schon zu oft gesagt hatte. Er öffnete das Handschuhfach (beleuchtet, eines der vielen Extras an seinem Wagen) und sah, daß dort kein Stadtplan lag.

Schon nach ein paar Kreuzungen wußte er nicht mehr genau, wo er war. Immer wieder war er anderen Autos begegnet, die sich mit hektisch arbeitenden Scheibenwischern vorangekämpft hatten; ein Fußgänger in Mantel und Hut winkte ihm zu und rief etwas, das er nicht verstand. Ein riesiges Räumfahrzeug wälzte sich kraftlos dahin und zog eine Spur nutzloser Kieselsteine hinter sich her.

Und endlich tauchte ein Platz auf, der ihm bekannt vorkam. Ein Brunnen und darauf eine würdevolle Statue mit einem Speer in der Hand, sehr aufrecht und nur schemenhaft sichtbar. Also hier war er! Mit einem erleichterten Seufzer schaltete er das Radio ein.

Zuerst kam nur ein dunkles Brummen, durchmischt mit Lauten, die Wortfetzen waren oder auch irgend etwas anderes. Lessing fand den Regler (nein, nicht der; das ist die Lautstärke; der andere; – richtig), und nach kurzem Suchen ballte sich das Rauschen zu einer Stimme. Einer Frauenstimme. *»... sind die meisten Hauptverkehrsstraßen zur Zeit unbefahrbar. Die Exekutive arbeitet aber daran, die Stauungen so schnell wie möglich ...«* Ein Pfeifton schwoll an und wurde wieder schwächer. *»... die Räumdienste überlastet, auch weil die*

Schneefälle völlig unerwartet ...« Die Stimme brach ab und nur ein heiseres Zischen blieb übrig. Lessing drehte nervös am Regler. *»... wird empfohlen, auf keinen Fall das Auto zu benützen.«* Er fluchte und schaltete ab.

Eine Zeitlang kam er ganz gut voran. Eine vertraute Straße ging in die nächste über, keine Hindernisse versperrten den Weg, und seine Villa kam langsam näher. In den Kurven fühlte er, wie eine stumme Kraft ihn von der Fahrbahn zerren wollte, aber das Auto widerstand ihr. Bald würde er im Bett sein. Und endlich schlafen.

Halt! Mein Gott, ein Moment unaufmerksam und ... Wo war er? Nichts, überhaupt nichts, weder das Plakat mit der Aufschrift *Trink doch Bier* noch die Kapelle mit dem schwankenden Drahtkreuz auf dem Dach noch diese Garageneinfahrt hatte er je zuvor gesehen. Ruhig bleiben; ruhig! Wenigstens die Richtung müßte stimmen.

Plötzlich hatte er das Gefühl, daß etwas nicht in Ordnung war; – und dann hörte er auch schon das Geräusch der Räder, die sich durchdrehten. Er riß am Schalthebel und trat aufs Gaspedal; eine ungeheure Kraft schoß brummend in den Motor, Schnee spritzte auf, und dann, mit einem Satz, hatte sich der Wagen befreit. Ein Laternenmast glitt heran; Lessing kurbelte das Lenkrad herum, die Lenkstange schien in etwas Nachgiebiges, Gummihaftes verwandelt, der Mast beschrieb eine Kurve, entfernte sich, kam näher und prallte gegen die rechte Hintertür. Lessing atmete schwer. Aber er war zu müde, um wütend zu sein.

Doch immerhin: Die Stadt lichtete sich. Die Häuser wurden niedriger, die Abstände zwischen ihnen größer, Gärten und Bäume tauchten auf. Es war eine Gegend wie die, in der Lessing wohnte. Vielleicht war es sogar ganz in der Nähe ... – man sollte jemanden fragen. Und da erst fiel ihm auf, daß er schon lange niemanden gesehen hatte. Keinen Menschen und kein Fahrzeug.

Er fuhr jetzt auf einer geraden Straße; zu beiden Seiten waren niedrige Häuser, umgeben von Zäunen. Die hellen Fenster, die Allee aus Straßenlaternen und auch seine Scheinwerfer warfen etwas Licht in die Nacht, kleine, scharf umgrenzte Bereiche von Helligkeit. Der Schnee fiel nicht mehr in Flocken, sondern war zu einem leuchtend weißen, wehenden Nebel geworden, zu einer Substanz, die tosend die Luft und den Himmel füllte. Die Bäume standen gebeugt, preßten ihre Äste an sich und sahen aus wie ängstliche Skelette. Ein fallender Zweig traf die Windschutzscheibe, Lessing erschrak. Genau in diesem Moment neigte die Straße sich unter ihm und legte sich in eine zuvor unsichtbare Kurve. Lessing tat genau das Falsche: Er trat auf die Bremse.

Lautlos hob sich der Horizont und wirbelte – einmal, zweimal – um seinen Kopf. Häuser, Bäume und Straße zerfielen in vorbeischnellende Schatten. Dann, mit einem Ruck, kam alles zum Stehen. Die dunklen und die helleren Flächen begannen hastig, sich wieder zu Gegenständen zu ordnen.

Eine Zeitlang hörte er nur seinen Atem und die schnellen Schläge seines Herzens. Dann sah er seine Hände: Sie lagen auf seinem Schoß und zitterten. Aber die Müdigkeit hatte ihn losgelassen. Der Motor lief noch. Er stellte ihn ab. Und öffnete die Tür und stieg aus.

Er versank bis zu den Knien im Schnee. Es war eine kleine Wiese mit einem Baum in der Mitte. Die Rückenlehne einer Parkbank ragte aus einer Schneewehe, daneben die obere Kante eines Schildes: *Hunde bitte ...*

Lessing stapfte rund um das Auto herum, besah es von allen Seiten und hielt die Hand vor sein Gesicht; der Wind war eisig und tat weh. Es war ganz offensichtlich: Es ging nicht. Er würde es hier nicht herausbekommen.

»Na schön«, sagte er laut. Dann nahm er seine Handschuhe vom Beifahrersitz, zog sie an und tastete nach dem Schlüsselloch. Dann stockte er. Wozu abschließen? Der Wagen steckte doch fest. Und zum Teufel, wenn es jemanden gab, der ihn hier herausbrachte – dann konnte er ihn haben! Lessing warf den Autoschlüssel auf den Fahrersitz und ließ die Tür zufallen. Dann stemmte er sich gegen den Wind und ging davon, ohne sich umzusehen. Was war denn das, dachte er, und vor Überraschung setzten seine Kopfschmerzen aus. Habe ich das wirklich getan? Ja, antwortete er, das habe ich.

Er hatte vor, eine Telefonzelle zu suchen und ein Taxi zu rufen. Und wenn er keines bekam, dann notfalls die Polizei, die Ambulanz oder die Feuerwehr, schlimmstenfalls einen Hubschrauber; er würde so lange telefonieren, bis er jemanden fand, der fähig war, ihn nach Hause zu schaffen. Aber es war keine Zelle zu sehen. Nichts änderte sich: die Straße, die Häuser, die Bäume, der Wind. Einmal entdeckte er ein Straßenschild, aber der Name darauf war ihm unbekannt. Wie spät war es? Auch das war nicht zu bestimmen; es war zu dunkel, um das Zifferblatt seiner Uhr zu erkennen, und zu hell für das schwache Glimmen der Leuchtzeiger. Er fühlte sich unendlich müde.

Und da hörte er hinter sich einen Ton. Ein helles Klingelgeräusch. Und als er sich umdrehte, sah er einen einzelnen Scheinwerfer langsam heranziehen. Jetzt erst fielen ihm die über der Straße gespannten Stromdrähte auf. Eine Straßenbahn! Hier fuhr eine Straßenbahn! Und Lessing begann, auf und ab zu springen und zu winken.

Einige schreckliche Momente lang schien es, als würde sie weiterfahren, trotz seiner Rufe und obwohl er mit den Fäusten gegen die Metallwand trommelte. Aber dann, als sie schon an ihm vorbei war, hielt sie doch. Er lief ihr nach, erreichte die letzte Tür des hinteren Waggons, drückte auf den Knopf und stieg ein. Die Tür schloß sich, und die Bahn fuhr an.

Lessing war allein im Waggon. Auf dem nassen Boden lagen halbgeschmolzene Schneeklümpchen; ein angebissener Apfel rollte unter einem Sitz hervor, zögerte einen Moment und verschwand unter einem anderen Sitz. Die Fenster waren beschlagen mit milchiger Dunkelheit; Lessing wischte ein paar Zentimeter frei: Schneeflocken wehten gegen das Glas, und dahinter fegte etwas Schwarzes, Flatterndes durch den Schein einer Laterne – ein Vogel vielleicht, oder auch ein Fetzen Stoff oder Papier. Welche Linie war das? Wohin fuhr sie? Egal; wohin auch immer, einmal würde sie an einen Ort kommen, wo es Menschen gab. Und vor allem Telefone. Er setzte sich und schloß die Augen.

Durch den schwarzen Raum in seinem Kopf wehten leuchtende Flocken; der dünne Faden eines Blitzes zog langsam über den Horizont, verästelte sich und erlosch in einem matten Funkeln. Einmal war ihm, als ob er Stimmen hörte, dumpf und kaum verständlich, aber er achtete nicht auf sie, und sie hörten bald auf. Und er spürte nur noch ein sanftes Rütteln, das manchmal stärker wurde, wenn der Wind aufheulte ... —

Er kam zu sich, als es plötzlich aufgehört hatte. Er öffnete die Augen. Die Bahn stand.

Lessing stand auf, gähnte und drehte den Kopf hin und her, um seine Nackenmuskeln zu lockern. In seinem Mund war ein bitterer Geschmack; am liebsten hätte er ausgespuckt. Er wischte über das Fenster, aber es war nichts zu sehen, außer der Nacht, dem Schnee. Es war kalt; er schlug die Hände in den dicken Handschuhen zusammen und ging zum Ende des Waggons. Dort drehte er sich um und ging zum anderen Ende. Wie im Gefängnis, dachte er und versuchte zu lächeln.

Jetzt stand sie aber schon zu lange. Mein Gott, steckte diese unglückselige Bahn jetzt auch noch fest? Lessing bückte sich und starrte angestrengt hinaus ...

So! Jetzt war es genug. Er würde nach vorne gehen, und der Fahrer würde ihm sagen, was los war. Und notfalls über Funk Hilfe rufen. Verdammt, es war allerhöchste Zeit, daß er etwas tat. Er ging zu einer der Türen und drückte fest auf den roten Knopf. —

Und die Tür ging folgsam auf. Kälte und Wind schlugen ihm entgegen, und eine Wolke stechender Flocken hüllte ihn ein. Instinktiv trat er einen Schritt zurück; dann nahm er sich zusammen, klappte seinen Mantelkragen hoch und stieg hinunter, ins Freie.

Es war völlig dunkel, keine Straßenlaterne war zu sehen. Er hörte, wie die Tür hinter ihm sich schloß. Und dann, fast lautlos, – setzte die Bahn sich in Bewegung. Lessing fuhr herum und sah, wie die vorletzte und dann die letzte Tür und dann der hintere Scheinwerfer an ihm vorbeizogen und sich weiter und weiter entfernten. Unbeeindruckt von seinen Schreien. Da begann er zu rennen. Und als er nicht vorwärtskam, erkannte er plötzlich das Gefühl aus Hunderten Träumen wieder: Man läuft und läuft, und der Verfolger naht, und das Ziel entfernt sich, und obwohl man alle Kräfte aufbietet, ist man zu langsam und kann nicht schneller werden. Denn das Gewicht des Körpers ist ins Ungeheure gewachsen, die Erde zieht einen fester an sich, die Luft scheint schwerer zu wiegen und der Boden eine klebrige Masse zu sein. Ist es das, fragte er, während er sich gegen den Wind stemmte und sein eigenes Keuchen hörte, ist es wirklich bloß das? Wenn ich will, wann immer ich will – hört es auf ...? Und ungläubig lächelnd ließ er sich fallen. Und fiel. Die Welt um ihn wich zurück; er fühlte, wie der Augenblick sich dehnte und die Wirklichkeit sich in eine andere Wirklichkeit schob. Und dann nahm etwas Weiches und Weißes ihn auf und umhüllte ihn, und er wußte, daß er jetzt sicher war. Und öffnete die Augen. –

Die Straßenbahn war nur noch ein heller Punkt, der kleiner wurde, sich ins Gelbliche verfärbte und erlosch. Seine Augen waren von Schnee verklebt, er rieb sich mit der Hand über das Gesicht, aber das half nicht, denn auch der Handschuh war voll Schnee, genau wie sein Mantel, seine Hose, alles. Er versuchte aufzustehen, aber das war nicht leicht; er lag ausgestreckt in der kalten, festen Masse, die ihn nicht loslassen wollte. Als er sich dann doch aufgerichtet hatte, verlor er das Gleichgewicht, taumelte zurück und stürzte von neuem.

Seine Augen gewöhnten sich an die Dunkelheit. Er stand auf einer weiß schimmernden Fläche; der Wind riß Schnee in die Höhe, um ihn als pulvrigen Staub wieder loszulassen; – es sah aus, als ob scharfgezackte Wellen über die Erde liefen. Auf einer Seite konnte er Bäume ausmachen, auf der anderen die Umrisse von etwas Großem und Eckigem. – Häuser? Ja, wahrscheinlich – es mußten Häuser sein; eine Straßenbahn entfernt sich nicht von der Stadt. Jetzt fiel ihm auf, daß er nichts mehr auf dem Kopf trug. Er mußte beim Fallen seine Pelzmütze ... – Sie war nirgends zu sehen, der Schnee hatte sie wohl schon zugedeckt.

Und er ging los. Auf die Häuser zu. Der Wind schien jetzt aus keiner bestimmten Richtung mehr zu kommen, sondern von überall auf ihn einzustürzen; es gab nichts mehr außer tosender, weißdurchtränkter Dunkelheit. Ein Ende seines Schals hatte sich gelöst und flatterte hinter ihm her wie eine ärmliche kleine Fahne. Als er danach griff, war es schon hartgefroren. Der Schnee reichte bis hinauf zu seinen Knien, dann wurde er niedriger, dann wieder höher. Es war, als ob er durch etwas Flüssiges watete, etwas, das ihm entgegenströmte, um ihn mit sich zu reißen. Er blieb stehen und versuchte, sich zurechtzufinden: Die Häuser vor ihm waren verschwunden. Er drehte sich langsam, und da waren sie wieder. Rechts von ihm und kaum näher gerückt. Er versuchte nicht mehr, sein Gesicht zu schützen; der Schmerz war jetzt erträglich. Plötzlich fielen ihm Mühlheim ein und Hansen und Frau Dr. Köhler, und er schüttelte den Kopf über die Idee, daß er noch vor kurzem bei ihnen gesessen haben sollte, über Zahlen und Kalkulationen und Prognosen ... Nein, sie selbst waren absurd; sie waren eine unglaubhafte Erfindung; er hatte sie nie gesehen; es gab sie nicht; es gab nichts außer dem Chaos dieser Nacht. Selbst der Gedanke an seine Familie, seine Frau und die drei Kinder, hatte etwas Abstraktes, Überflüssiges. Und er schob ihn zur Seite.

Die Müdigkeit rann durch seinen Körper, vom Nakken, der den Kopf nicht mehr aufrecht halten konnte, durch die Schultern in die Lunge (zum ersten Mal wurde ihm klar, daß Tonnen und Tonnen von Luft auf ihm lagen, die bei jedem Einatmen weggedrückt werden mußten) und hinunter in seine Beine, die sich schwach anfühlten und immer schwächer. Aber er durfte nicht stehenbleiben, und vor allem durfte er nicht mehr fallen. Warum hatte der Mann ihm zugewinkt? Jetzt wurde der Schnee wieder tiefer.

Und auf einmal verstand er. Er mußte nicht weiter. Es war vorbei.

Es gab keine Menschen mehr. Sie waren alle vernichtet, eine kalte Apokalypse fegte über den Planeten, und nur er, Lessing, durch einen sinnlosen Zufall, war noch da. Aus toten Häusern floß elektrisches Licht in eine leere Welt. Morgen früh, am Ende der Nacht, würde die Sonne aufgehen in makellosem Glanz.

Er blieb stehen, legte den Kopf in den Nacken und starrte in das Flimmern über ihm. Das Flimmern und das unendliche, schwarze Gewölbe. Während seine Beine einknickten, streifte ihn sein vergangenes Leben wie ein vorbeiwehender Ton, wie der Schatten einer Erinnerung; als der Schnee ihn auffing, wußte er schon nichts mehr davon. Mit seiner letzten Kraft rollte er sich auf den Rücken. Dann sah er hinauf, hörte zu, wie sein Herz in einen seltsamen Rhythmus fiel, und spürte, wie die Kühle sich auf seine Wimpern und seine Lippen legte. Hinter dem Sturm verbarg sich eine große Ruhe. Lessing lächelte und schloß die Augen. Er war noch nie so glücklich gewesen.